U0755657

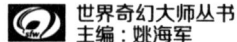
世界奇幻大师丛书
主编：姚海军

[美]查丽·恩·霍姆博格 著 小 醉 译

四川科学技术出版社

THE MATER MAGICIAN © 2014 Charlie N. Holmberg
Published by 47North,Seattle
Through Andrew Nurnberg Associates International Limited
Simplified Chinese edition copyright: 2018 SCIENCE FICTION WORLD
All rights reserved.

图书在版编目（CIP）数据

全能魔法 /（美）查丽·恩·霍姆博格 著；小酹 译
-- 成都：四川科学技术出版社,2018.7
（世界奇幻大师丛书 / 姚海军 主编）

ISBN 978-7-5364-9108-3

Ⅰ.①全…Ⅱ.①查…②小…Ⅲ.①长篇小说—美国—现代Ⅳ.① I712.45

中国版本图书馆 CIP 数据核字（2018）第 144318 号

图进字 21-2018-327 号

世界奇幻大师丛书

全能魔法

出 品 人	钱丹凝
丛书主编	姚海军
著 者	［美］查丽·恩·霍姆博格
译 者	小 酹
责任编辑	宋 齐
特邀编辑	钟睿一
封面绘画	郭 建
封面设计	李 鑫
版面设计	李 鑫
责任出版	欧晓春
出版发行	四川科学技术出版社
	四川省成都市槐树街 2 号 出版大厦　邮政编码：610031
成品尺寸	160mm×228mm
印 张	16.25
字 数	158 千
插 页	2
印 刷	四川省南方印务有限公司
版 次	2018 年 11 月成都第一版
印 次	2018 年 11 月成都第一次印刷
定 价	36.00 元

ISBN 978-7-5364-9108-3

■ 版权所有　侵权必究 ■

■本书如有缺页、破损、装订错误，请寄回印刷厂调换。
　厂址：四川省眉山市彭山区彭祖大道南段 135 号　邮编：620860

献给所有的手艺人；

献给我的父亲，菲尔·尼克尔。

谢谢他教会了我劳作的意义。

第一章

　　西奥妮穿着荷叶边的衬衣，搭配纯棕色的裙子，衣服外面系着红色的学徒围裙，踮着脚尖站在三脚凳上。她正将一张白纸贴到霍洛威家客厅的东墙上。白纸的顶端紧靠着天花板。这家子人正在庆祝霍洛威先生荣获非洲荣誉军人奖章[①]。他们申请雇用当地的纸魔法师——艾默里·塞恩，帮他们布置宴会场地。

　　当然，艾默里把这些"鸡毛蒜皮的任务"通通交给了他的学徒。

　　西奥妮从凳子上下来，退到房间中央，审视着她的工作成果。为了让她能精心布置宽敞的客厅，大部分家具都被搬走了。迄今为止，西奥妮已经在墙上张贴了二十四张作为基准的纸。另外，还有

[①] 非洲荣誉军人奖章创立于 1902 年，由英国政府颁发，奖励在非洲服役的军人。

一大卷一大卷的空白白纸被扔在房间中。她根据霍洛威夫人电报里的尺寸，将这些纸裁好了。

在确认作为基准的纸都对齐之后，她命令道："连接。"

按照指定好的路线，地面上的二十四张卷成一圈一圈的长纸猛地蹿向作为基准的纸，如同野兔蹿出田野般迅捷。沉重的长纸黏在基准纸上，向下垂着。西奥妮下达指令"碾平"，长纸就像墙纸似的紧贴到墙上。白色均匀地覆盖了整个房间。当然，北面墙壁处的楼梯口被避开了。

霍洛威夫人要求以森林主题来布置房间，象征她的丈夫在非洲参与小规模战役的经历。于是西奥妮在查证了好几本有关当地情况的书之后，将所需要的魔咒写在了长卷纸的背后，并且将纸的顶角折叠了起来。现在，是检验她的创意的时候了。

"描摹。"她命令道。让她欣慰的是，所有纸的颜色都开始变深，变成绿色和棕色。纸张上色和改变形状的方式，就跟当初的纸人偶魔咒一模一样。一大片深邃的森林绿在墙上投射出阴影，浅一点的薄荷绿和黄绿色则勾勒出阳光斑驳地洒在被藤蔓缠绕的树冠上的景致。而橄榄绿则描摹出了一丛丛长在坑坑洼洼的焦茶色、红褐色泥土上的长野草。那泥土地的尽头，就是（霍洛威家的）地板。不远处，红喉潜鸟在嗡嗡飞舞的蚊虫中鸣叫着——至少这已经是西奥妮能够做出的最逼真的红喉潜鸟了。她从未听过红喉潜鸟的叫声，只能根据她在动物园中找到的那些怪异的非洲鸟类的声音来猜测。

西奥妮踏着小碎步绕着房间走，欣赏着她制作的宏大幻境。塑造这幅栩栩如生的壁画的魔法，正出自她的双手。每隔三十秒，长耳松鼠就会从两棵树之间跳出来。每隔十五秒，就会有一阵温柔的微风将树叶和藤蔓吹得沙沙作响。虽然没有握着纸，但她的指尖仍旧能感受到那轻微的刺痛。西奥妮从未对这样的魔咒感到习以为常，仍旧会觉得惊异。

她长舒了一口气。太好了，没出错。如果不能毫无瑕疵地塑造出这样的幻境，她就绝无可能通过下个月就要进行的魔法师资格考试。作为艾默里·塞恩的第二个半学徒，她打算在求学两年整的那天接受考核，时间只有不到一个礼拜了。

退到前门处，西奥妮俯下身子在装满纸咒的大手提袋中翻找，拿出了一个装满星光咒的小木盒。星光咒是很久之前，艾默里的第一位学徒朗斯顿教会她的。那些小小的枕头形状的星星不过一个法新①大，用琥珀色的纸折成。当初卖纸给西奥妮的小商贩将这种颜色称之为"黄金柚色"。西奥妮花三天的时间折了几十颗星星，直到折得她手指抽筋才停下。她真害怕会早早地患上关节炎。她在每颗星星的背面都粘上了一条同样是琥珀色的"之"字形纸条。

她将星光纸咒撒在阴暗房间里反着光的地板上，下达指令："飘浮。"

星光纸咒就像气泡似的向天花板浮去，而且全都是贴有"之"字

---

①1961 年之前的英国货币。

形纸条的一面朝上。西奥妮命令它们:"发光。"星光纸咒的内部便有柔和的火光在燃烧。当霍洛威一家人熄灭所有的电灯时,这房间将会浸在一种诡谲却浪漫的光辉之中。

西奥妮激活了小小的纸蝴蝶,让它们在房间中四处飞舞。她还在地板上撒满了三角形的五彩纸屑。这些纸屑会在客人们的脚边回旋飘浮,给人造成微风习习的幻觉。她甚至还亲自折叠了晚餐时用的餐巾纸,并在其上施咒。这样,当客人们展开餐巾时,它们就会发出绿松石般的微光,并祝福道:"恭喜您,奥尔顿·霍洛威先生。"她还考虑过,将故事幻影①咒加入进来,让大象或是狮子的幻影偶尔闪现。但那样的话,她就得待在宴会上念咒语。更何况,她也担心一些上了年纪的客人会对这种魔法感到不适。几个月之前,她在报纸上读到了一篇文章,讲的是一位老祖母被剧院旁的镜子幻象—— 一列迎面驶来的火车,吓出了心脏病。那是一部正在演出中的美国新剧目的广告,但显然这一广告有欠考虑。在宴会上一旦有客人试图朝纸狮子开枪,整个宴会都会毁了。

西奥妮放飞被激活的鸣禽,并命令它们只能靠近天花板飞翔。正在这时,霍洛威夫人走下了楼梯。她惊叫了一声,还好,接着她就绽出了一个夸张的、露出牙齿的笑容。

"哦,真是让人叹为观止! 太华美了!"她叫道,双手紧紧压在脂粉浓重的两颊上,"真是每一分钱都花得值! 而且你还是个学徒。"

---

① 一种纸魔法,能够让人物呈现出幻影般的效果。

"我下个月要参加魔法师资格考试了。"西奥妮回答说。然而因为这称赞,她脸上的笑容已经掩不住了。

霍洛威夫人鼓了两下掌,"亲爱的,如果你需要推荐信,我会帮你写一封。噢,奥尔顿一定会非常惊喜的!"她转身面向楼梯,"玛莎!玛莎,暂时别洗衣服了,快过来看!"

西奥妮抓起她的包——已经比之前轻了不少,趁着她雇主的兴奋之情还没有发展到不可控制的程度,离开了霍洛威家。房间的装饰不再需要维护,霍洛威夫人也在这周的早些时候预先支付了支票。毫无疑问,艾默里会分文不取,让她留着这笔不小的收入。虽然通常情况下,学徒只有每月的津贴,其他时候都得免费干活。她会将大部分钱寄给父母。他们终于搬离了磨坊,在波普拉区找了一套公寓住下。她的母亲特别讨厌收到"慈善金",但是西奥妮顽固地坚持要给。

西奥妮蹲在屋外的人行道上,拿出一张纸,折了一架带有椭圆形翅膀的小滑翔机,在机身中央写下了长街尽头的十字路口的地址。接着,她用一道"呼吸"的指令将滑翔机激活,悄声地将坐标位置传达给它,然后将它释放,让它乘风而去。小滑翔机打了个旋儿,朝着南方飞去。

西奥妮将包挎上肩膀,开始沿着人行道往下走。她款式简约的棕色裙摆摩挲着脚踝,沙沙作响。两英寸高的鞋跟就跟马蹄铁似的敲击着地面,发出嗒嗒声。这里是伦敦郊外的富人区,房子之间有着大片的绿化带。而一大半的绿化带都被精美的石艺或是铁艺栅栏围绕着。有一些上面还有熔铁匠施过魔法的装饰物，比如镍铬恒弹性钢制成的尖桩，当有行人从旁边走过的时候，它们会开始旋转；再比如黄铜制成的门锁，当有预期中的访客靠近时，它们会自动开启。现下，随着时节转换，所有流连不去的冬日痕迹都不见了踪影。五月的鲜花在围栏后整洁的花园中怒放着。有些花甚至完全不顾邻居明确的抗议，长到了人行道和鹅卵石路之间的缝隙里。西奥妮将橘色的头发盘成法式发髻，一阵风吹来，吹乱了其中的几缕。她将吹乱的头发别在耳后。

几分钟之后，西奥妮走到了荷兰路和爱迪生路①交界的拐角处。一辆车驶离了主干道，停在了马路边。西奥妮弯下腰，透过没摇起玻璃的乘客车厢窗户向里看去。

"你好，弗兰克。"她说，"我有好一阵儿没坐你的车了。"

那位中年男人咧开嘴笑了，翻转自己的圆顶礼帽，向她行了一个脱帽礼。他的食指和中指间夹着一架小滑翔机，正是西奥妮之前折的。"一如既往的荣幸之至，特维尔小姐。还是去贝克汉姆镇？"

"是的。还是去农舍，谢谢。"她一边说，一边走向后门，"你别出来了。"她看到弗兰克已经抓住了司机座位旁的车门锁，想要出来帮她坐进车中，赶忙补充道。她敏捷地滑进了车后座，拍了拍前面的座位，表示自己已经坐好。弗兰克等了一会儿，直到车流过去，才驶

①伦敦真实存在的地名。

上爱迪生大街。

这儿离艾默里的农舍有四十五分钟车程。汽车行驶时，西奥妮靠着座位靠椅，看窗外的城市闪过。房屋渐渐变得密集紧凑，面积也越来越小。街道和人行道上，刚消磨掉一天的行人也逐渐变多。她看到一位面包师傅在自己的小店铺外吞云吐雾；男孩子们在狭窄的巷弄里玩耍弹珠；一位母亲推着手推车，一个小男孩紧紧抓着她裙子的口袋。最后这一幕让西奥妮想起了她曾学过的一条用来预知未来的咒语，叫作"预见之盒"。她永远不会忘记曾在某个预见之盒中见到的场景——一个温暖而幸运的自己站在鲜花盛开的山顶上，和两个孩子在一起。那两个孩子很可能是她生的。在那幅景象中，站在她身边的男人不是别人，正是指定给她的老师。当然，和自己的导师有一段浪漫爱情的想法让她觉得有些不好意思。所以除了和魔法师艾默里·塞恩有过一面之缘的妈妈，她从未向其他人透露过这个关于纸魔法师的秘密。

终于，城市从视野里消失。弗兰克开着小汽车驶上了通往农舍的熟悉的土路。沿着土路，零散地分布着苍翠的树木。西奥妮将视线转移到了树木后面的河道上。这是一条小河，但却仍旧能让她感到不安。二十个月之前，西奥妮曾担忧她和艾默里不得不为了人身安全，离开这座古朴的田园风格的农舍。但他们的敌人有的死了，有的进了监狱，有的被永远地封冻了起来。危险终于下定决心不再骚扰他们。真是让人倍感安慰，若非如此，西奥妮才没法参加考试。

如果每隔三个月，她就得为了求生挣扎，怎么能做好参加魔法师资格考试的准备呢？

西奥妮摸到了躺在手提袋角落里的钱包，伸手进去，用指尖摩挲着一面圆形化妆镜的镜盒表面，又描摹着镜盒上镶嵌着的凯尔特风格的蝴蝶结。即使只是随便想想，她也不能这样看轻她的过去……那些惊心动魄的时光……她曾付出的代价是如此巨大。她尝到了羞愧的苦涩滋味。

小汽车停在了农舍旁。从马路上看去，农舍是一座耸立着的闹鬼的破败宅邸。宅邸周围有不知从哪儿吹来的阵阵阴风，还伴随着乌鸦泣啼。艾默里最喜欢用"鬼屋"幻象来伪装他的家，甚至比对"荒郊野岭"或是"鬼气森森的墓地"更为喜欢。去年三月他尝试过"墓地"幻象，在西奥妮的抗议之下，两周之后他就撤掉了。但真正让他痛下决心的原因或许是送牛奶的人被吓得心律不齐。

幻象的结界设在栅栏周围，所以当西奥妮走进大门，魔法就立即失效了，显露出了房子真正的样子：一栋黄砖房，房前是两周前西奥妮和艾默里一起粉刷的黄褐色门廊。一条短小的石头小径围绕着一片纸水仙花园。一只活的燕八哥牢牢攫住缠绕在工作室窗子周围的常春藤。当那只到处乱嗅的纸狗过于靠近它的巢穴时，它会发出尖声鸣叫。

"'茴香'！"西奥妮大声喊道。那只没有眼睛的纸狗抬起脑袋寻找她。它叫了两声，那声音薄如脆纸，接着它沿着小径，向着西奥妮蹦来,在花砖间的泥土里留下了一堆脚印。如果是几个月前,它可能只能留下点儿淡淡的痕迹。但今年二月,西奥妮为它安了一副塑料骨架。虽然将骨架组合起来的聚酯纤维魔法对不受介质限制的全能魔法师来说是小菜一碟,但西奥妮还是花了好几个月的时间研究,才制作出了能配合"茴香"运动的骨头和关节。当然,她是偷偷施行这一魔法的。这些研究最好能悄没声儿地进行。

小狗在西奥妮脚边跳来跳去,将前爪搁在她的鞋子上,大幅度地左右摇摆着那条被塑料加固了的尾巴。西奥妮弯下腰,挠它的下巴。

"进去吧。"她说道。"茴香"一狗当先向前门跑去,然后摇着尾巴,把鼻子凑到门缝里,等着她开门。西奥妮一打开门,"茴香"立马跑到玄关尽头,又跑回来,跳进极为凌乱的前厅之中,立马开始咀嚼从那张被磨得最破的沙发垫子露出来的填充物。

西奥妮首先走向艾默里的工作室,这是一间塞满了架子的长方形屋子。架子上放着一摞摞不同厚度、颜色和大小的纸张。攀在窗外的常春藤使屋里的灯光都染上了深邃的碧绿色,农舍似乎被淹没在海底。艾默里的桌子正对着门。桌面上散乱地放着一堆纸、一个便签夹、剪刀和胶水、几本翻到一半的书、一个笔筒,还有一瓶墨水。不过,用散乱来形容也并不准确。每件物品都如同一块拼图,贴合着旁边的物件,而且没有一件东西是歪斜的。在这间狭窄的小屋中,只有桌子这块区域可供工作。桌子也跟农舍其他地方一样,看上去乱七八糟，实则井井有条。西奥妮活了二十一年，从未见过一个这么整洁的囤积癖。现在，屋子里没人。

桌子后挂着一块木框软木板。西奥妮和艾默里都会将自己的工作订单、收据、电报和备忘录钉在上面。所有的东西都有着相同的间隔，远看就像是堆砌的砖墙。当然，这是艾默里干的。西奥妮将布置霍洛威家的订单从黄铜图钉上取下来，走向垃圾箱。在将其扔掉之前，她先下达了指令："碎。"

订单自动碎成十几条，如同飘雪一样飘入了垃圾箱。

离开房间时，西奥妮反手关上了门，免得"茴香"跑进去将工作室搞得一团糟。接着她穿过厨房和餐厅，走向通往二楼的楼梯。卧室、盥洗室和书房都在二楼。她的卧室是左手边的第一间房。她跨进卧室门，扔下大挎包。

跟两年前她初来乍到之时相比，卧室的布局变化很大。她将床移到了房间深处的一角，紧靠着衣柜。因为她大部分时间都在卧室的书桌上度过，有时折纸，偶尔遇到艾默里心血来潮走学术路线的时候写写论文，所以她将书桌推到了窗户旁边。去年冬天，由于无聊，她将地板染成了樱桃色，然后用自己的纸魔法作品装饰了墙和天花板，这是参照艾默里装饰厨房与餐厅的护墙板的风格做的。纸做的玲珑小巧的舞者穿着精致的芭蕾舞裙，好像在墙面上跳舞，它们被预先做好的各式各样的锁链纸咒一个接着一个地串起来。纸康乃馨围绕着她的窗框，有的是红色的，有的是蓝色的。从上面看下去，花瓣层层叠叠，由中心呈螺旋状展开。相同颜色的纸叠的长串花环，给衣柜门镶了一层边。纸做的十二芒星或十八芒星挂在从天花板上垂下的细线上，大小各不相同，有的只有半个拳头大，有的却大如餐盘。从女性时尚杂志上剪下来的纸羽毛、一只逼真得能运动的纸海马和一些星光咒吊在她的床头柜上。床头柜上面放着一个插着红色纸玫瑰的花瓶，那些玫瑰是艾默里在她二十岁生日的时候专门为她折的。一张足有四英尺高的伦敦街道图剪纸贴在床头的墙上，就像一片巨大的雪花——这是前年圣诞节，艾默里亲手为她制作的礼物。纸做的云朵飘浮在房间中央。西奥妮放教材的双层书架上还摆着一个浅粉色的纸绒球。

在一年零十一个月的时间里，西奥妮一点点地完成了这些装潢。如果不是四月份时，她的宝贝妹妹玛歌来访，她压根儿不会意识到，自己创造出了一个童话般的世界。

一个皱皱巴巴的信封放在她的枕头上。在扔下挎包的同时，西奥妮拾起了信封，用手摸了摸，感受了下里面装着什么：是她从《今日魔法师》的购物目录上订的橡胶纽扣。她将这封小小的包裹藏在了书桌最下面的抽屉中，那儿还藏着一本书——《火系魔法的精确运算方式》和一些其他的魔法材料。都是些她不想暴露在别人视线之中的东西。接着，她快步朝艾默里的卧室走去。

她敲门，然后打开门，却发现房中空无一人。书房里也没人。

接着，头顶传来砰的一声。

"又在搞什么了不起的魔咒了。"她低声对自己说，打开了通向三楼楼梯间的门。由于三楼的面积很小，所以层高被加高了。艾默里不会经常研究威力很大的魔咒，可西奥妮敢打包票，他一旦开始，又是二十四小时不见人影。

今年三月，他刚完成了长达七英尺的纸质"大象"气吹式步枪。他将枪捐赠给了谢菲尔德①的男童孤儿院。她很想知道他正在做的事又源于什么古怪的念头。

在第三层楼遥远的角落中，艾默里的纸骷髅管家犟头被挂在一条钉在天花板上的套绳中，悬在一堆卷起来的纸管道、窄布条和裁剪成对称形状的纸上。艾默里穿着他最新的长款外衣，棕色的那件，站在凳子上，将一只六英尺长的蝙蝠翅膀粘在犟头的脊椎骨上。

西奥妮眨眨眼，消化了一下看到的场景。说真的，她本不该这么惊讶。

"我以为自己还有好些年才能看到死亡天使呢。"她将双手抱在胸前，说道，"虽然现在我看到的只是半个。"

站在凳子上的艾默里摇晃了两下，双手扶紧犟头左翼末端的硬纸板，回头看去。当他这么做时，他乌黑的头发扫过下巴，蓝绿色的眼睛如同午后的阳光般熠熠生辉。

即便到了如今，西奥妮依旧会迷失在那双眼睛中。

---

①谢菲尔德位于英国的中心，建在七座山之上，坐落于英格兰南约克郡，是伦敦以外英国最大的八座城市之一。

"西奥妮！"他一边喊道，一边转身继续他的工作，完成了左翼的安装，"我没想到你去了一小时就回来了。"

"她的要求并没有我们担心的那么复杂。"一缕笑意溢出西奥妮的唇角，她问道，"介意解释下你为什么要把鼍头变成条龙吗？"

艾默里从凳子上退下来，活动了下他的肩膀，"今天我接待了一位小贩。"

"小贩？"

"卖鞋油的。"他解释道，然后摸了摸下巴上的胡碴，"我必须得说，价格非常合理。"

西奥妮点点头，"所以鼍头就需要翅膀了。"

他露出了一个坏笑，"自从我搬到这里以后，就再没见过小商贩。"他一边解释，一边拍落衣服和裤子上的纸屑，向西奥妮走来，路过了他的第二版大型纸滑翔机——第一版被西奥妮弄丢了[①]。"显然，这地方的幻象没有之前那么瘆人了。我必须得把这种变化归咎于约瑟夫·康德拉[②]的流行。既然我们决定不再使用墓地幻象，我想或许能用鼍头，也就是你刚才说的'死亡天使'，这名字真贴切，使之后那些盘根究底的人躲远点儿。"

西奥妮笑起来，"你要让他待在外面？下雨了怎么办？"

"嗯，"艾默里一边摸着他一侧的修长鬓角，一边说，"看来我得

---

① 详见第二部。
② 英国小说家，作品以惊悚见长。

将翅膀做成可拆卸的才行。我觉得这个想法应该是可行的, 是吧? ”他笑了起来, 是那种最为真诚的微笑: 笑意不仅溢出嘴角, 更是直达眼底。接着, 他握住西奥妮的双肩, 郑而重之地在她的嘴角落下一个吻。

"现在, ”他将西奥妮散下的一缕头发别在了她的耳后, 继续说道, "我想知道, 怎么做才能说服你今天晚上做腰子馅饼①? ”

"腰子馅饼? ”西奥妮重复道, 挑起了眉毛, "我们竟然还有腰子这玩意儿? ”

"从今早开始有的。”他回答道。

西奥妮佯装震惊地捂住了嘴, "某人不会是**亲自去买食材**了吧? ”

"我之前去和普拉夫学校的董事会成员开会, 为了那些学徒们。”他耸了耸肩, "我选了个孩子, 付给他钱, 让他帮我采买。他干得不错。”

西奥妮翻了个白眼, 但笑容却未褪去, "好吧好吧, 但我得马上进厨房才来得及。而且我提醒你, 我现在还站在这儿呢! ”

艾默里在放开她之前捏了下她的肩膀, "他们希望能够早做打算。自从派翠丝离开, 毕业率一塌糊涂。”

西奥妮点点头。一年半之前, 魔法内阁的教育部向魔法师阿维斯基提供了一个职位, 阿维斯基从塔吉斯·普拉夫魔法学校辞职了。

---

① 牛腰或者猪腰做的馅饼。

西奥妮回到一楼。焦躁不安的"茴香"正守在楼梯间的门口，等着被放上楼去。腰子被纸包着，塞在厨房里的被施了五彩纸屑冷冻咒①的冰柜中。西奥妮将包裹上的圆形小纸片拍掉，开始动工。她不停地用水冲洗腰子，直到水变清澈。然后将腰子和月桂叶、百里香和洋葱一起放入炖锅中油炸。趁着油炸的当口，她赶紧将番茄切成小方块，然后捣碎，又加了点儿代替芥末酱的醋进去——芥末酱用完了。

鉴于她没有什么紧急的学习任务，西奥妮决定增加一道甜点。她打碎了几颗蛋，准备做焦糖布丁。西奥妮从霍洛威夫人的某个佣人那儿听说，这道甜点将在宴会上出现，搞得她现在特别想吃。她不停地搅拌着奶油、蛋黄和糖，直到胳膊酸得不行，然后将搅拌好的布丁倒入两个小模具中，放进烤箱，紧挨着腰子馅饼。

等两道菜肴烘烤完成，西奥妮将它们端出烤箱，摆上餐桌。她侧耳听了听艾默里的脚步声，发现他并没下来，于是打开放着烹饪手册的橱柜，从《法式佳肴》的封皮上拿起一个小火柴盒。盒子里有几根火柴。她取了一根放在左手中，右手则握着一只木勺，念道："由天所生之介质，汝主相召。吾与汝相连之日，即解约之时。"

这已经不是西奥妮第一次解除自己与魔法介质间的契约了，甚至也不是第二次。这种契约关系本该是永远无法破坏的。她放下勺子，用手按住胸口，念道："由人所铸之介质，吾召唤汝。吾与汝相连

① 详情见第一部。

之日，即订约之时。"

最后，她点燃火柴，默念道："由人所铸之介质，汝主相召。汝与吾契，不归尘土，不违此约。"

接着，她咬紧牙关，将手指伸进了火焰中。还好，她并没有被烫伤，说明契约已经立成。火匠从不会被他们自己点的火烧伤——不用说，这是精通此种魔法的一点儿附赠好处。

在火柴彻底熄灭之前，她在火焰中的皮肤有轻微的刺痛感，出乎意料地，这种感觉令她舒服。然后，她将火柴盒塞进围裙口袋。等她使用完火系魔法，她还要用火柴来解约。

打开烤箱，西奥妮下达"生火"指令，一簇火苗慢慢地出现。接着，她继续命令道："燃烧。"她食指指尖上的那一小簇火焰越烧越高。

火匠的魔法是西奥妮最后尝试的一类魔法。因为一点儿微小的失误就可能伤害到她，又或是烧掉整栋房子。第一次尝试火系魔咒时，她将脚泡在浴缸中。幸运的是，她受到的唯一伤害是一个丑陋的水泡。现在，她只敢尝试动静很小的新手魔咒。

她用这束小小的火焰将焦糖布丁的表面烤得焦黄。这时，楼梯上传来了艾默里的脚步声，她急急忙忙地吹灭了火，其实她只需下达"停止"口令便行了。

"闻起来不错。"艾默里说道，踏进了餐厅，"啊，我刚才太投入了，都忘记摆桌子了。"当他看到她已经摆好了餐桌，赶忙加上了一句。

"反正我在烘烤这个馅饼的时候，也得找点儿事情做。"西奥妮一边说，一边用毛巾将腰子馅饼端上了餐桌。

艾默里用手指的背面轻抚她的脖子，惹得她的肩膀一阵颤抖。"谢谢。"他说道。

她笑了，能够感觉出自己的双颊泛红，有轻微的火烧般的刺痛感。艾默里拉开了她的椅子。她坐下，解开围裙，搭在椅背上。

西奥妮心不在焉地将手伸进她的口袋中，手指摆弄着火柴盒。等晚餐结束，她得尽快重新订立和纸的契约。当然，艾默里肯定不会在进餐的时候搞突击小测验，至少不会是在她刚替他完成霍洛威家宴会的装饰任务后。

她用叉子叉起一块腰子馅饼。在某种程度上，这种魔法——也就是契约解除法——像是在作弊。

如果教会她这种魔法的人还活着，说不定也会有相同的感受。

第二章

晚餐过后，艾默里洗碗，西奥妮则匆匆上楼，回到自己的房间，手里握着火柴，想要解除和火的契约。她抚摸着"茴香"没有毛的身体，重新将自己和纸建立联系。接着拿出橡胶纽扣，开始检查起来。她打算用纽扣给"茴香"添上脚掌，帮助它站稳。纽扣的大小挺合适，她希望不必在橡胶纽扣上做太大的改动。而且，她不大可能就这项工作向艾默里求助。

她手里抓着橡胶纽扣，犹豫着。她的时间够做这个吗？

大约在两年前，她在魔法师阿维斯基的家中，得知了解除魔法契约的秘密。现在世上只有她一个人知道这一秘密。随后，她在病床上醒来。她那曾像圣诞节火鸡一般被切割的身体恢复得完好如初，是被一个血割者治好的。救了她命的魔法师是在法律的允许下使用血魔法的。但想到有人在她的身上施行血魔法，她还是不寒而栗。尤其是在那时候，她刚刚亲眼见证一个血割者杀害了自己最好的朋友。

她为了自救，改变了自己的魔法介质。当她醒来时，她是一名玻璃匠——玻璃魔法师。之后，她重新和纸订立了契约，并且用了两个月的时间强迫自己忘记格拉斯①的诡异魔法。

然而，她惊人的记忆力却不允许她忘却。她记得所有的事情，即使最微小的细节也不会遗漏：她在五年级时第一次尝试施展魔法的情景，腰子馅饼的菜谱，甚至记得1901年9月18日，她第一次见到魔法师阿维斯基时，阿维斯基的鞋扣样式。

她记得魔法师阿维斯基的身子是怎样被悬挂在屋顶的橡木上的，记得她那红肿的手腕以及垂向一侧的脑袋。她记得每一片割裂她肌肤的玻璃。直到现在，她仍然记得玻璃碎片切开身体的感觉，她忍不住一阵颤抖，想要缓解浑身的鸡皮疙瘩。她还记得好朋友黛丽拉眼中的可怕神情，如果她擅长绘画，她可以闭着眼把黛丽拉的眼睛画出来。

所以她清楚地知道格拉斯·寇伯特是怎样破坏、解开自己的契约，成为一名血割者的。

她在医院中就告知了艾默里她所获得的新技能，甚至向他演示

---

① 玻璃魔法师，后转变为血割者。详情见第二部。

过。但没有讲述过具体的细节,他也从来没问过。关于她转换介质的能力,他所知甚少,这一事实让她如坐针毡。但西奥妮也能理解,毕竟她所做到的事情,多多少少有点儿像是改变了地心引力。她从没同他分享过自己想要钻研其他门类的魔法的愿望,毕竟这段刚刚建立起来的感情仍旧充满了不确定性。

一开始,她的确打算再也不尝试不情不愿得来的新技能。她想让艾默里觉得,自己的想法一直都没变过。她不认为艾默里会因她学习其他门类的魔法而责备她,但她不愿意让他失望。

所以,直到现在,这件事仍旧是个秘密。

最初,她给自己定下了严格的规矩:除非是她学完了纸魔法的课程,并完成了所有的学徒任务,否则绝不学习使用其他介质的魔法。只是偶尔有时候,面对极度吸引人的有趣的魔咒,比如给子弹施咒,或是改变镜子中她自己的倒影,她没能忍住诱惑,坏了规矩。

但是如今,距离魔法师资格考试只有一个月了,她真能抽出时间,给纸宠物的爪子加上橡胶脚掌吗?

她紧紧地握住橡胶纽扣。她内心的某一部分其实深知自己已经准备好了。她懂得如何制作并激活由数十种不同的纸做成的生物,如何创造出最为复杂的纸幻象,如何制作五十四种不同的纸链,如何使纸张疯狂地颤动直到爆炸。她甚至已经能收学徒了!

然而……西奥妮仍旧不知道考试的具体内容和形式。艾默里宣称,他绝对不能透露有关测试过程的任何细节。就因为这个原因,西奥妮知道自己必须得刻苦学习，深入研究折纸的技艺，吃透有关纸魔法的方方面面，还得研读第一次见到的论文或是文章，即使其中的内容并不新鲜。

她叹了口气，放下橡胶纽扣。她仍旧有一些休息的时间，或许可以抽一部分来帮"茴香"完成升级。

西奥妮抬头向窗外瞥了一眼。她的窗户掩映在一棵桤木的枝丫中。一道明亮的粉色光线照亮了树叶。透过树木的枝叶看去，天空是淡紫色的。

西奥妮将散落的头发梳理好，走向书房，那里的窗户更大，而且是敞开的。

从这扇窗户看出去，风景真美。

西奥妮在成为折匠的学徒之前，从未欣赏过日落。她家住在磨坊区，周围全是高楼，挡住了地平线和大部分天空。在塔吉斯·普拉夫魔法学校的时候，虽然她的房间在宿舍楼的第六层，却苦于每天埋头读书，无暇欣赏色彩绚烂的落日。

然而在这间农舍，在这城市与乡村的交界，再没有别的人或者建筑遮挡她的视野，西奥妮发现了落日的引人入胜。

今晚，几朵厚实的云给太阳蒙上了一层光晕，就像是画布在逐渐暗淡的灯光下变得让人看不真切……金色的太阳正在落山，太阳边缘的云层闪耀着杏色的光芒。距离太阳稍远，云层是橙色和紫色的。最终，云朵融入了深蓝色的夜空之中。这些云朵就像是仙界的造物，像是遨游在深蓝苍穹中的天鱼，追逐着太阳，前往世界的另一侧。

一只手落在了她的肩上，落手的位置紧挨着她的脖子，将她探出玻璃窗的身子拉了回来。

"真是浪漫得要命。"艾默里说道。他的唇角微微扬起，刚好能使脸上的酒窝显露出来。在透过窗户的天光照耀下，他的眸子呈现出一种更为深邃的橄榄绿。因为刚洗了碗，他的手指冰凉。

"就像小说中描写的那样。"西奥妮一边附和，一边向后退进他的怀里，靠在他身上，"我也这么觉得。我曾想过，要是我们能（用魔法）重现《简·爱》中的场景就好了。"

"我必须得坦白，我没读过那本书。"

"特别棒。"她说，"通篇弥漫着忧郁的色彩，但结局总算不错。"

艾默里将她转了过来，让她面对着自己，抬起她的下巴。"只要结局是好的……"他一边说，一边用拇指摩挲她的脸颊，端详了她一会儿。他那宝石一般的眼睛掠过她的嘴、她的颧骨、她的眼睛。西奥妮爱极了他这样凝视她的时刻。这让她感到……*存在着*。

她踮起脚尖，艾默里倾身向前，他们之间不再有距离。他的唇轻咬着她的。

尽管拥有那过目不忘的记忆力，西奥妮仍旧无法记清楚，自从两年前在火车站外的那一天之后，她到底亲吻了艾默里·塞恩多少次。有许多许多次，但他嘴唇的触感仍旧能使她充满如同孩童一般的喜悦，使她的血液加速流动。

或许血流得太快了。

她的手指顺着他的脖子一直向上，直到抚上他的耳垂，然后在他修长的鬓角来回轻抚。一整天没有修剪，新长出的胡碴与鬓角连在了一起。当她离开他的嘴唇，大口喘气的时候，他的味道——那无时不有的焦糖味——充斥着她的胸腔。接着，她再次吻上他。一位淑女永远不该像这样亲吻没有和她结婚的男人。

他用舌尖掠过她的下唇，但并未多做停留。有时候西奥妮真希望他能忘记她是位淑女。反正不管她怎么努力尝试唤出他流氓的一面，他都从未忘记自己是个绅士。

她的背抵到了书架。她的小指勾着艾默里的一缕头发，引诱着他更近一步。这一举动短时间内起了作用，至少有那么一秒。接着，亲吻渐渐慢了下来。艾默里像往常一样，克制住了自己。像这样的亲吻会导致一些其他的事情，尤其是在这样一座房子里，唯一会打断他们的只有那只纸狗。但是艾默里——高尚的艾默里——绝不会在还没结婚的时候更近一步。而且只要西奥妮还没摘下"学徒"的头衔，他是不会跟她结婚的。他是这么对自己承诺的，承诺了两次。

这也是她必须尽早通过魔法师资格考试最重要的理由。

他们分开来，喘息声回荡在两人之间那狭窄的空间中。

西奥妮睁开双眼。"是的，就跟小说中说的一样。"她喃喃低语。

艾默里轻笑出声，然后亲了亲她的额头，"你读的这些书啊……

特维尔小姐，我真是怀疑你的品位。"

她理平他的棕色外套的领子，"我喜欢读什么就读什么，塞恩先生。"

"我有个提议，"他露出一个略带揶揄的笑容，退后几步，重新看向落日，残阳已然似血，"我在参与馆际互借项目时，得到了一份18世纪关于折艺基础理论的论文。这论文真是枯燥得可以，而且所有的名词都用大写字母突出了。我想你应该会喜欢的。"

西奥妮皱起了眉头，"你想让我研究初级折纸技术？"

"不算是最初级的。"他回答，狡黠的笑容若有若无地显现在他的唇角，"回归基础，从来都没什么坏处。即使你觉得你都懂了。"

"我确实都懂。"

"你确定？"

西奥妮顿了顿，"这是在暗示我资格考试的内容吗？"

艾默里将手插在裤兜里，"我不能给你任何暗示，西奥妮。但我也不敢做任何有碍你通过考试的事情。"

说到最后一句话时，他的语气变得有些严肃。他走向靠着西墙的桌子，用手轻轻地拍了下桌上一本破旧的书。书的厚度足有西奥妮手腕粗细。她的肩膀垮了下去。这本大部头肯定对她的魔法师资格考试没什么帮助。

但是她跟艾默里一样，对于通过资格考试这件事，不敢冒一丝一毫的风险。西奥妮长长地叹了口气，故意夸张地放大了声音，然后用两手捧住沉重的书本,并用胯部顶住。

桌子上的电报机突然响了起来。

艾默里抬起一侧的眉毛。西奥妮静立不动,全神贯注地倾听着,在头脑中转译着摩斯码。*一个有趣的请求。我接——*

"努力学习去。"艾默里说道,一只手推着她的后背,将她推向走廊。

"但是那是什么……"

他的眼睛闪闪发光。"这是个秘密,亲爱的。"他一边说着,一边关上了书房的门。

西奥妮蹙眉,将耳朵贴紧木门,想要听清电报声。可是才过了两秒钟,艾默里便开始敲打门。在两人一起的日子里,他已经知道了她所有的偷听技巧。

西奥妮只好皱着眉头,退回她的卧室,打开那本论文,厚厚的封面上扬起一团团灰尘,她用手拍了拍。

"第一章:半点对折。"

这将是一个漫长的夜晚。

日落之后,云层愈加密集,给夜空中的星星笼上了一层面纱。就在西奥妮关灯睡觉之前,雨滴开始落下。刚开始的时候,还是一滴两滴,接着便倾盆而下。一阵狂风大作,呼啸着从屋檐下的缝隙中穿过,撕毁了墙上和栅栏上的幻象纸魔咒,惊醒了西奥妮。没有什么防水措施能够在这样的暴风雨中拯救纸符。

夜渐深渐凉，雨点变成冰雹。冰雹噼噼啪啪地打在屋顶和窗户上，就像是数千封电报一同作响。西奥妮将枕头罩在脑袋上，重返梦中……

屋顶消失不见了，大雨倾泻进她的房间中，将她包裹。雨点敲击着家具，将纸做的装饰物从墙面上剥落。西奥妮穿着塔吉斯·普拉夫魔法学校的校服——黑色的裙子，白色的纽扣式衬衫，脖子上系着灰色领带，站在房间中央。她脚下就是一处在地板上的出水口，但却被什么东西塞住了。雨水漫到了她的脚边，她一遍又一遍地用鞋子敲打出水口，想要让水流出去。

但塞住出水口的东西丝毫没有挪动的迹象。

她转过身，却找不到房间的门。家具也都消失了，只剩下木头、雨水和她。雨点越来越大，如同细长的缝被针一般往下落，溅在她的皮肤上，浸透她的校服，最终汇入声势逐渐浩大的"小河"中：雨水已经漫到她的小腿处了。接着，冰冷的水漫过她的膝盖、她的大腿。

西奥妮的心揪紧了。她在黑暗的雨水中疯狂地挣扎着，想要抓到可以依靠的东西，但一切努力都是徒劳。没有桌子，没有床，没有梯子，也没有其他的工具。四下都不见门。在狂风骤雨之中，连窗台都不见了踪影。

"救命！"她高声呼救，但嗓音却无法穿透暴雨的喧嚣。雨滴打在她的身上，一滴接着一滴，越来越重，仿佛是玻璃的碎片刺入她的身体。水继续往上漫，漫过臀部，漫过肚脐。

她不会游泳。她尝试着浮起来，按照艾默里曾教她的那样，将髋部朝向天空，但她仍旧在往下沉。

水淹没了她的头。她扑腾着，踢地板，努力往上浮。

她冲出水面的一刹那，听到了有人呼唤："西奥妮！"

她转向那声音的方向，在水中死命地挣扎，绝望地想要留住肺里的最后一丝空气。是她在那儿——黛丽拉。黛丽拉坐在浮在水中的一个书架上，向西奥妮伸出一只手。她的另一只手里握着一面化妆镜，那是西奥妮二十岁生日时黛丽拉送给她的生日礼物。装饰化妆镜的凯尔特式蝴蝶结深深地压进了她的手掌。

"游啊！"黛丽拉大叫道。

"我不行。"西奥妮大声回答，结果呛了一口水，咳嗽起来。她用脚尖去够地板，但地板消失了。所有的东西都消失不见，只剩下水和雨。她沉入无边的海洋，眼中再见不到半点儿陆地。

黛丽拉将手伸得离她更近了些。"快！"她喊道。

西奥妮乱蹬着脚，拼命划水，尝试着抓住黛丽拉的手，一次、两次。第三次的时候，她终于抓住了黛丽拉的手腕。

但黛丽拉却皱起了眉头。她棕色的瞳孔向上翻起。西奥妮惊恐地注视着黛丽拉的手臂同她的身体分离，血从坑坑洼洼的伤口滴进水里。西奥妮忍不住放声尖叫，看着自己的朋友如同一具被毁坏了的模特一样被肢解，最终剩下的能够证明她曾存在过的痕迹，不过是一摊摊在逐渐沉没的书架上的模糊血肉。

西奥妮坐在床上，大口大口地喘气。她的枕头被掀翻在地。她眨了几次眼，确定自己看到的是干燥的房间，听着雨点急速地敲打在她的窗户上。冰雹已经停了。

西奥妮用手背抹了抹额头，深吸一口气，脉搏跳动的声音如擂鼓一般，在耳朵里作响。

有鲜血滴在她的脖子上。

真的是血。

她一掀毯子，在毯子下面摸索着、寻找着。她环视房间，除了躺在书桌凳子上睡觉的"茴香"，房间里空空如也。

她做了一个又一个的深呼吸，但脉搏仍旧异常沉重。她站起来，踱步到房间的另一侧，然后又走回来。手在乱七八糟的辫子上来回摸着。

她已经有好几个月没做这样的噩梦了。她痛恨噩梦，尤其是当噩梦无比……真实时。

泪水就要涌出眼眶，西奥妮赶紧抬头看向天花板，迅速地眨眨眼睛，将泪水逼回去。

她没能参加黛丽拉的葬礼。那时候她还躺在医院的床上，昏迷不醒。但在参观工厂时遇见过的火匠学徒克莱姆森后来告诉她，葬礼的当天下了雨。

闪电划过窗户，紧接着传来雷声，响亮得几乎和她的心跳声一样。西奥妮盯着一团糟的床铺，接着又看向"茴香"。

她咽了一口口水，站起来。睁大了双眼，等待着。

她拾起枕头，轻手轻脚地走向房门，将门推开一条缝，窥向黑漆漆的走廊。走廊右侧最后的一道门中透出昏暗的烛光。艾默里从未花过精力制作魔法灯具。

西奥妮咬着下唇，向烛光走去。她整了整睡衣，然后用颤抖的手指尽可能轻地敲门。如果他已经睡了，她不想——

"怎么了？"他的声音从门后传来。都这么晚了，他怎么还没睡？

她推开门。艾默里躺在床上，下半身盖着被子，正在读书。他伸手将书放在床头柜上。蜡烛只剩下半寸可供燃烧。她可算是及时地逮住了他。

他们的视线交汇，他皱起了眉头，"你还好吗，西奥妮？"

她涨红了脸，感觉自己就像个孩子，"我……我很抱歉。我只是……我能睡在你房间的地板上吗？"

他的眉头未能舒展开来。他直起身子，问道："你生病了吗？"接着便作势要站起来。

"我只是……我又睡不好了，"她坦承道，"我会很安静的。我只是……不想一个人睡，至少今天晚上不想。拜托了？"

他紧抿着双唇。他知道她的那些噩梦。自从黛丽拉死后，从她被……谋杀之后，西奥妮的梦变得异常恐怖。整整三周的时间，西奥妮都是留着灯睡的。如今，噩梦偶尔才会到来，但每当噩梦来袭，西奥妮都会梦到被报复的场景。

他用手势示意西奥妮进来。她踏进房间，"对不起，我——"

"西奥妮，"他温柔地说，"别说对不起。"

他重新将被子盖好，向旁边挪了一下，腾出了另一个人的空间。

她犹豫着——在这之前，她还从未在艾默里的床上睡过——但她极度渴望着陪伴。渴望着他。似乎有一道看不见也摸不着的纸链牵引着她走向他，而她不知道撤销纸链的咒语。这是她唯一不知道的咒语。

她将自己的枕头放在他的旁边，爬上床垫。艾默里用手指掐灭了蜡烛，侧身躺下，用手臂环着西奥妮的腰，让她靠在自己的胸膛上。

真是温暖。西奥妮听着艾默里那熟悉的心跳声和他的平静的呼吸声，在他的怀抱中放松下来。她调整自己的呼吸，和他的节奏保持一致。

第三章

西奥妮醒来时，右肩酸疼，右耳也麻木了，右边脸颊还埋在她的枕头中。宁定的阳光透过床对面敞开的窗户照进来，惹得她频频眨眼。看起来大概是七点半的样子。她花了一段时间，才发现堆得乱七八糟的床头柜和那扇窗户都不属于自己的房间。毯子则明显是艾默里的。

她坐起来，血液迅速地流回耳朵。她仔细地查看床铺。床上是空的，一半的床铺已被整理整齐。她揉了揉眼睛，解开乱七八糟的发辫上的绑带，用手指梳理长长的卷发。

她的胸膛羞得发红，红得并不明显，但却能感受到体温升高。她并没有如她想象中那么难为情……毕竟，当初她提出的要求不过是睡地板。当然，她也并不介意艾默里的邀请。如果西奥妮的精神状态再好些，她说不定会利用这个机会。

她笑起来，想象着要是魔法师阿维斯基听说了昨夜的事情，那位老古板会是一副什么样的表情。她一定会怒气冲冲的。

当然，魔法师阿维斯基知道他俩的特殊关系。至少，西奥妮觉得她肯定知道。她向这位曾经的导师坦白过自己对艾默里的感觉，但除此之外，也没别的事发生。不过，每当魔法师阿维斯基看到西奥妮和艾默里在一起，她虚起的眼睛和从喉咙里发出的特别的哼哼声，都告诉西奥妮这位老古板知道更多的事情。希望别再有其他人知道这事了……至少现在还不能让更多人知道。

接着，房间门被打开了，艾默里背着身子走进来，手里端着一张小小的木制托盘。"茴香"从他的双腿间跑进来，一边叫着，一边在床边嗅来嗅去，摇着尾巴。但床垫太高了，它跳不上去。

穿戴整齐的艾默里将托盘放在床上，托盘盛着两片烤黄油切片面包和七分钟鸡蛋①。

"天啦，艾默里，你没必要做这些的。"西奥妮说道。

艾默里耸耸肩。"我也觉得没必要。"他回答说，然后贴着床垫的边缘坐在西奥妮对面的床角，这样就不会弄翻托盘。"你感觉好些了吗？"

"嗯。"她嘴里塞满了切片面包说道。她吞下面包，添上一句，"谢

---

① 煮了七分钟的鸡蛋。

谢你。"

他回以一个微笑。"茴香"终于放弃了攀爬艾默里的床,转而在艾默里的脚边蹦蹦跳跳,拉咬他的裤腿。

"艾默里,"西奥妮暂停吃早餐,问道,"昨天的那封电报说的是什么啊?"

"嗯?"他摆脱"茴香"的纠缠。西奥妮曾想过给这只纸狗装上更实用些的牙齿——用塑料,甚或是钢铁。后一种想法让他头疼不已。西奥妮到底是为什么想要一只装有钢牙的狗?

"我想现在可以让你知道这事儿了。"艾默里用手指挠了挠他的头发,"你知道的,我不能监考你的魔法师资格考试。"

西奥妮的手僵在了早餐托盘的上方。她消化了好一会儿他的话,"你再说一遍?"

"我不是你的考试的考官。"他重复了一遍。

一阵焦躁的情绪涌上她的心头,似乎有一艘小船在她的胸口来回颠簸。西奥妮将托盘放到一边,坐在床上往前一耸身子,"但是……你是在开玩笑吗?学徒手册的序言中就清楚地说明了学徒的导师将会监考该学徒的魔法师资格考试。"

"确实是这样的。"艾默里回答。现在他的表情更加柔和了,但却没有丝毫开玩笑的样子。他从床上站起来,走到衣柜旁边,取下衣架上的靛蓝色外套,迅速地披上,"但我已经思考某件事情很久了。而且我敢肯定,这个问题也曾困扰过你。"

他在床脚停下了脚步，看向西奥妮，用眼睛朝她笑着。但他紧绷的唇却泄露了些许的担忧，"我很担心那些对我俩的关系有所察觉的人会认为你的资格考试不够公平公正。"

西奥妮点点头，想掩盖自己的忧虑，"有那么一两次，我确实想过这个问题。但我并没有告诉过……"

"亲爱的，有些时候，不用你大声说出自己的担忧，别人也会知道。"艾默里插嘴道，"我会替你做好安排的。西奥妮，你是一名非常有天赋的折匠，几乎和我不相上下。"他露出一个得意洋洋的笑容，"我不能忍受任何人对你的能力有所怀疑，不管是现在还是未来。"

西奥妮有些泄气，无法控制的沮丧。艾默里不做她的考官，就意味着她在考试中，将面对另一个不确定性。她现在甚至比凌晨的时候对未来更没有期待。而且，如果她第一次没有通过考试，就得再等上半年。如果她落榜了三次，她的名字就会从册子里被彻底划去，并且再也没有恢复的可能。在那之后，如果她继续尝试使用魔法，就会被送进监狱。

要是她没能通过考试，该怎么办呢？

她深吸了一口气，"好吧。我相信你。但我想问问谁会代替你监考我呢？"

"啊，是的。"艾默里一拍掌，接着说道，"在那封电报中，我征得了他的同意。你，西奥妮·特维尔，将要在魔法师普利特维恩·贝利的监督下，进行魔法师资格考试。当然，依照惯例，在考试前你得先和他一起待上几个星期，做他的学徒。"

西奥妮惊讶地张开了嘴，过了半晌才问道："几个星期？"

"两三个星期的样子。"

"魔法师贝利？"她一边问，一边用食指缠绕了一缕头发。这个名字并不熟悉，但是……

她停顿了一下，努力回想。关于这个名字……

突然之间，西奥妮发现自己回到了格兰杰学院的教学楼中。她和艾默里都是在那儿上的中学。但这些记忆并不是她的，而是他的——那是两年前，她为了从名叫里拉的恐怖的血割者手中救回艾默里的心脏，不得已在他的心室中四处游走时，所窥见的记忆。里拉，正是艾默里的前妻。她回想起艾默里和另外两个男孩儿欺负一名瘦瘦高高、立志成为折匠的男孩的情形。那名折匠叫作普利特。

"普利特？"她问，"那个你在学校欺凌过的男孩儿？"

艾默里抓抓后脑勺，"'欺凌'听起来也太低幼了些……"

"但确实是他，对吗？"西奥妮追问道，"普利特维恩·贝利？他最后还是成了一名折匠？"

艾默里点点头，"事实上，我们是一起从普拉夫毕业的。他的确和我一样，都成了纸魔法师。"

西奥妮稍微放松了些，"所以你们俩之后相处得还不错？"

纸魔法师笑出了声，"噢，我的天啦，并没有。自从毕业之后，我俩再也没说过话，只通过这一封电报。他特讨厌我，真的。"

西奥妮瞪大了眼睛，"那你还让他监考我？"

艾默里笑道："当然，不过只用和他在一起待几天就可以了。难道还有比将你的职业抱负交到普利特维恩·贝利的手里更能证明你的考试绝不掺杂水分的方式吗？"

西奥妮瞪了他好一会儿，"所以我是被你狠狠地摆了一道，对吗？"

"亲爱的，注意用词。"

她用手按着额头，"看来我要做的功课比我预计中的多得多。我死定了。我……我得先穿好衣服。"

她从床上起身，迅速地奔进走廊，手掌依然按在额头上。"茴香"跟在她的身后。

"你还没吃你的鸡蛋！"

但西奥妮眼前的问题，可远比盘子里的早餐重要得多①。

西奥妮又往下读了艾默里给她的那本关于折纸技术的论文中的八个章节，时不时地她还得掐自己一下，好让自己在阅读那些冗长枯燥得如同烤面包片一般干巴巴的段落时，保持清醒和专注。这些段落描述的还是些她都已经学会了的魔咒。尽管如此，她仍旧阅读得非常仔细，认真地研究示意图，仿佛自己从未听说过"全点对折"这一术语似的。至少，这本论文中的插图的艺术风格是她第一次见。

---

① 此处是一个双关，"at the plate"既指"在盘子里"，也有"眼前的"意思。

接下来，她给自己安排了复杂的赋生术①作为练习，并且挑选了一种她从未制作过的动物：火鸡。她找了一些图片作为参考，然后小心翼翼地折出了火鸡尾巴上的羽毛，再将纸压出许多折痕，以便能够折出一个球形的身体。她用了三张正方形的纸才折出火鸡的脖子，又用了一张折脑袋，接着小心地裁剪、造型，将鸟喙和鸟脖子上的垂肉做出来。为了做这只火鸡并将其激活，她花掉了大半天的时间。第二天，她尝试用更多的纸制作更大的火鸡，在连接不同的部位时，慎之又慎，确保火鸡能够灵活运动。干了两天制作火鸡的活儿，她开始担心自己的膝盖上会留下永久的地板缝压痕，因为她在地板上一跪就是好几个小时。

因为完全明白她的考试的重要性，艾默里十分乐意自个儿待着。但他也会时不时地出现，给些意见，劝西奥妮休息一下，或者，呃，有可能还会做点儿吃的来。但面对这一含蓄的请求，西奥妮只能回以微笑。

然而，到了这一周结束的时候，西奥妮已经被论文和赋生术折磨得油尽灯枯，所以她拉开了隐蔽的抽屉，开始研究橡胶术——一种关于橡皮的魔法操作。

她精心地将橡胶纽扣制作成狗爪的肉垫形状。由于裁剪失误，她不得不丢掉了前两颗纽扣。接下来，她使用粘贴咒，将肉垫粘在"茴香"的脚底。这样一来，它的爪子就不会动不动就磨损了，而且

①制作动物并给予其生命力的魔咒。

万一它踏进了浅水洼，也不会受潮皱缩成一团。她观察了成品一阵子，然后冲自己点点头。看起来，"茴香"的脚掌仅仅像是一件手工艺品——没有魔法师会仔细研究它，对这一结果她很是满意。

因为对所有类型的魔法都感到了极度的厌倦，周五晚上西奥妮早早地就上床睡觉了，然而午夜没过几分钟，她就惊醒了。不过感谢上帝，这次不是因为噩梦，她是被从墙的另一面传来的微弱的咔嗒声弄醒的。这听起来很耳熟的声音，虽然不大，但刚好足以将她从旧梦才歇、新梦未始的间隙中唤醒。

她从枕头上抬起脑袋来，屏息细听，确认自己并没有听错。声音还在继续：滴答，滴答，滴答，滴答，滴答。是电报的声音。

她从床上坐了起来，动作很轻，以免吵醒"茴香"。这天晚上，"茴香"蜷缩在她的脚边，在她的床垫上呼呼大睡。她揉了揉眼睛，光脚踩到地板上。谁会在这么晚的时候发电报？这是一个晴朗的夜晚，为什么不直接让纸鸟带信？难道普利特跟艾默里一样，也是一个作息与众不同的人？发这条信息，是为了取消之前的考试安排吗？如果真是这样，西奥妮一点儿也不介意。

她离开房间。艾默里的门缝中不见光亮，所以她蹑手蹑脚地走向书房，打开了书房门。

桌上的电报机有规律地滴答作响。西奥妮踏进漆黑的房间，刚迈了两步，电报声便停了，将她一个人留在一片诡异的寂静之中。

西奥妮伸手摸向电灯的开关，按下它。吊在书房天花板上的灯泡闪烁了一会儿，发出一阵嘶嘶声后熄灭，使得书房重新陷入黑暗之中。西奥妮一边眨眼驱除眼前的紫斑，一边来来回回地按了好几道开关，但只是徒劳。又停电了吗？由于离主城区太远，艾默里家的电路经常出问题。

她轻手轻脚地穿过房间，出于习惯，避开了那片一踩就发出巨大声响的地板。她来到桌前，试了试台灯，但台灯也不亮。她只好点亮了灯旁的蜡烛，拿起那封卷成一团的电报。打眼一看，这条简短的信息就像是乱码一般。她浏览了一遍，却没弄懂意思，于是放慢速度，又看了一遍。

培伦提在前往朴茨茅斯的路上逃跑了句号觉得有必要告知你句号艾尔弗雷德①句号

西奥妮握着这张纸片的手指僵住了。在她的抚摸下，纸张本该轻轻震颤，但这次却没有。这张纸是死的，有如死水般平静，而且万分沉重。

艾尔弗雷德。自从和格拉斯有关的那段使她饱受折磨的经历结束之后，她再也没见过魔法师休斯。同时意味着她终于不用再和刑侦局打交道，至少她自己是这么认为的。

西奥妮的目光停留在了电报的第一个词上。**培伦提**。萨拉杰·培

---

① 魔法师休斯的名字。

伦提。格拉斯的走狗。那个血割者曾两次试图杀了她，都只是为了减少点儿麻烦。那个以她的家人和挚爱的生命要挟她的男人。

现在，那个人自由了。

第四章

电突然来了,明亮的灯光灼烧着她的视线,暂时将她手中的培伦提的名字驱逐出了她的视野。

烛光摇曳。门铰链发出咯吱的声响。

"西奥妮?"艾默里一边打着呵欠一边疑惑地叫她,"你在干……有电报?"

西奥妮并没有回答。她的思绪已经飘向了自己的家,飘到了那条连汽车带汽车司机整个吞噬了的河流。那条河流甚至差点儿宣告了艾默里和西奥妮的完蛋。接着,她又想起了位于达特福德的东边,才刚新建起外墙的造纸厂。

艾默里的手抚上她的肩。她将电报递给他,然后转过身,走开了。她魂不守舍地从电报机旁走回房间，打开灯。"茴香"被惊醒了。她穿过房间，来到书桌前，抽出一张正方形的白纸，拿出铅笔。她急躁地写着什么，字迹潦草不堪。她刚刚开始写第二句话时，艾默里温柔的声音响起："你在干什么？"

"警告我的家人。"

"他并不知道他们现在住在哪儿，西奥妮。"他说道，声音温柔得如同夏季的微风。他慢慢地走进房间，脚步声如同在林中漫步的鹿，"而且艾尔弗雷德会优先安置他们。说不定他已经做好了安排。"

西奥妮摇摇头。

纸魔法师的手又放上了她的肩头，手指轻轻地在她身上打着转。"对不起。"他低语道。

西奥妮猛地一用力，铅笔杆在书桌上，笔尖折断了。她转身面对艾默里，因为强忍泪水，眼角感到一阵刺痛。"他们为什么还没行刑？"她忍不住质问道，"他们浪费了整整两年。那些他曾伤害过的人……"

艾默里双手捧起她的脸，用拇指拭去她一只眼睛下的泪水，"格拉斯和里拉不在了。如果想要获得有关地下世界的消息，萨拉杰是唯一的突破口。"

"这不重要！"

"我不是在反驳你。"他轻声说道，然后将自己的额头抵在西奥妮的额头上。

西奥妮垂下眼睛，将脸从他的双掌中抽离，但接着靠在了他的肩上。他的臂膀环绕着她，他的体温给她带来了些许安慰。"如果他仍旧追着他们……我们不放，该怎么办？"她悄声问。

"他跑不远的。把这事儿交给内阁吧，他们会处理好的。"

"如果当年我们把所有的事情都交给内阁解决，我俩都已经死了。"

他抚摸着她的头发，"就算如此，萨拉杰的第一要务也是逃命。他没理由继续追着你不放，而且我觉得，他也没心思折磨我。他应该会逃往海岸线附近，企图穿越海峡。如果艾尔弗雷德还有时间给我们发消息，我们可以推测，他手下一定有其他人正在追捕萨拉杰。"

西奥妮长舒一口气，想要将艾默里的抚慰织成一张温暖的毛毯，包裹住自己。她平静了一些，略感放松，但依然有一份焦虑使她的脉搏难以平复。萨拉杰的行为全都不能以常理揣度预测。万一他依然觊觎着她的家人呢？

她仿佛还能听见格拉斯重复地念着她父母的名字，那声音似乎舔舐着她的神经。她忍不住打了个寒战。

至少，艾默里不会被牵扯进这糟心事了。自从萨拉杰被捕之后，他就再也没有参与刑侦局的工作。鉴于他的前妻再也不会出现，艾默里也就再没必要跟血割者打交道了。内阁接受了这一现实。

她又在艾默里的臂弯里待了一会儿，才重新振作起精神。艾默里温柔地吻了吻她。

"如果需要的话，早上我会想办法得到更多消息。"他建议道，"但现在我们最应该做的事情，是好好休息。"

"还有警戒这座房子……"

"这房子已经被警戒过了。"他挤出一个淡淡的笑容，"你很安全，西奥妮。他们也很安全。我保证。"

她点点头。艾默里继续在房间中待了一会儿，接着在她的额头上落下一个吻，一言不发地离开了。今天晚上她本可以继续跟他待在一起的，让礼节见鬼去吧。但她还是决定不再多问。她信任艾默里，也希望他知道这一点。可是他怎么知道萨拉杰·培伦提会去哪儿、要做什么？

"茴香"抬起脑袋，脆脆地叫了一声。西奥妮叹了口气，捡起她写了一半的信纸，用手压成一团，扔进垃圾桶，下令："碎。"

她关上灯，爬上床，招呼纸狗躺在她的脑袋旁边。是的，她现在最应该做的是好好睡觉。

她并没有睡好。

第二天下午，一阵酸臭的烟雾从烤箱箱门后冒出来。"噢，真倒霉！"西奥妮叫道。她徒劳地来回挥舞着洗碗帕，想要驱散烟雾。然后她一边咳嗽，一边拉开箱门。烟雾向她袭来，刺激得她眼睛酸疼。但是西奥妮仍然将手伸进烟雾中，拿出了一盘烤煳了的胸脯肉，烤出来的油已经变成焦黑色的了。她胡乱地将冒着烟的菜肴往炉子上一放，然后走向后门，一把拽开门，猛吸了两口暮春的清爽空气。一卷卷的浓烟从她脑袋旁边飘过，消散在了室外。但烧焦的气味仍旧徘徊在房间中。

西奥妮靠在门框上，做了好几个深呼吸，希望这样做能够使她的头脑清醒，神经放松。她十一岁之后，就再也没烤焦过胸脯肉了。还好艾默里不在家，没有看到灾难现场。今天早上，他去达特福德视察一条新开的工厂流水线。这条流水线是为了生产折匠们需要的不同品种的纸而专门设计的。他可能要吃过晚餐才回得来。

西奥妮顺着门框滑了下去，在门框底部蜷成一团。"茴香"用干燥的纸舌头舔着她的膝盖，她没有理它，于是它追逐着烟雾跳到了房子外面，用它新得来的橡胶脚掌轻快地跑到了草坪上。橡胶脚掌增加了它的弹跳力，让它跑得更快了些。现在它的速度已经很接近有血有肉的真狗了。

西奥妮伸手捏了捏鼻梁——额头下方的鼻软骨处。她刚刚在楼上复习书写咒，这是需要一支钢笔或铅笔才能完成的纸魔法。同时，她还在写下一周的购物清单。就在这时，烧焦的胸脯肉散发出坏掉的食物的恶臭，成功地引起了西奥妮的注意。这天早上，为了使自己忙碌起来，她几乎连上厕所的时间都没有留给自己，于是忘记了胸脯肉这回事儿。在晚餐之前，她花了好几个小时烹饪这道菜肴，只是为了给自己找事做。然而现在，她蹲在烟雾缭绕的空气中，那些困扰她的事情又涌上了心头。

艾默里拿走了电报，但这并没有什么用。那些铅字已经印在了她的脑海里。萨拉杰重获自由，远走高飞了。虽然西奥妮很是希望他会逃离英格兰，和他们老死不相往来，但事实上她不太相信事情会朝这个方向发展。在萨拉杰的体内，有非常重要的东西被毁坏了。这是在格拉斯·寇伯特死后不久，艾默里告诉她的。艾默里不喜欢谈论血割者，这还是西奥妮缠着他才讲的。

又一声叹息从她的嘴里逸出。是的，这房子已经被设了结界，但这并没能阻止里拉拆下前门，将艾默里的心脏从他的胸腔中挖出来。和血割术相比，纸魔法实在太没威力了。如果里拉只是一个刚结束学徒生涯的血割者，那萨拉杰会可怕到什么地步呢？

西奥妮站起来，仔细检查了一遍空空的房子。艾默里真是挑了个好日子出城！不过，他好像至少修复了伪装房子的魔咒。

西奥妮打了一个响指，唤回"茴香"，锁好门，然后走回前厅，检查了那儿的锁。接着检查窗户。尽管天气炎热，她还是锁紧了她房间的和书房的窗户，甚至关上了屋顶上的透气天窗。

当她回到卧室，重新开始复习功课时，她的目光落在了空荡荡的书桌椅子上。当她飞速奔向厨房时，椅子倒在了地上。恐惧再次向她袭来，并将被绑在凳子上的黛丽拉送到了她的眼前——黛丽拉颤抖的身体，她的嘴巴里塞的东西，还有紧紧捆着她的绳子。

西奥妮紧闭双眼，揉搓着太阳穴，想要制止越来越严重的头疼。

这不公平。她从来没想过要伤害黛丽拉……至少格拉斯被埋在了黛丽拉身旁六英尺之下的土地中，虽然西奥妮觉得要是他的墓穴再深些就更好了。

西奥妮放低双手，仔细察看自己的手掌，想象着如果那个医院中的无名血割者没有将那道伤疤治好，现在这双手会是什么样子。她还记得玻璃刺入肌肤那一刹那的撕裂感，还有她将碎片插入格拉斯的身躯，吼道"破碎"时，手掌所感受到的巨大压力。

杀了他，她却并没有负罪感。或许她应该有，但事实上她就是没有。唯一让她懊悔的事，是她没能早些赶到魔法师阿维斯基的家中。如果她能在格拉斯到达之前赶到，黛丽拉或许还有一线生机。

"还有可能连你也死了。"当她向他倾诉自己这一想法的时候，艾默里回复说。他的声音听起来相当不悦。

她的注意力又转回了那张椅子。只不过这回她看到的被绑在上面的不是黛丽拉，而是自己的弟弟马歇尔。马歇尔之后，是吉娜、玛歌、她的父母，还有艾默里。他们中的任何一个都曾有可能坐在那个位置上。在未来，他们仍旧有被伤害的可能。

西奥妮紧抿着嘴唇。她讨厌成为受害者。如果萨拉杰真的回来了，她才不会成为被他伤害的人。她不会，她所爱的人也不会。至少，现在她已经有能力保护他们——这世上，只有她有这种能力。

西奥妮连门都来不及关好，冲下楼梯，来到艾默里的工作室中，拿了几卷麻绳。她又重新取出厨房中的那本烹饪手册，找到火柴，返身回到房间中，紧紧关上门，虽然只有她一个人在家。

她坐在书桌前，开始工作。

她将麻绳绕在脖子上，量出所需的长度，然后将其剪断，接着就开始制作她的符咒，一个接着一个。她首先从最简单的开始——以纸为材料的。她随手从一篇她写的关于纸赋生术的论文中扯下一张纸。她用熔铁匠锻造的剪刀剪去纸张的上端，然后折出了一颗鼓鼓囊囊的纸星星——星光咒。纸星星上还印着"在 1744 年……"，为星星平添了几分雅致。她用一把钳子将回形针碾平成铁丝，将其从星光咒的一个顶角穿过。然后，她将剩下的铁丝一圈一圈绕在火柴上。火柴由磷和木头两种材质制成，有两个用处——既可以让她和纸张解除契约，也可以点火，方便她和火订立新契约。

第二件符咒。她找了两张结实的手绢，剪下两块长方形的布料，接着从一个小针线包中找到了所需的工具，将布料的侧边缝在一起，制成一个布袋，并用剩下的麻绳给布袋做了一个可以拉紧的口子。她自书桌最下面的抽屉的深处取出一罐优质的玻璃匠用沙，然后倒了一大勺沙子进小布袋。之后，她把布袋放到了旁边。她拿起自己的化妆镜——黛丽拉送给她的那面，另一只握着钳子的手停留在了化妆镜的上方，犹豫着。

过了一会儿。她放下了化妆镜，走下楼去，从橱柜中挑选了一个玻璃杯。走回房间之后，她从杯口敲下一块玻璃碎片，然后将铁丝绕在碎片上。接着她又开始绑火柴。这回她将三根火柴挂在一起，确保能在刹那之间，至少扯下其中一根。

西奥妮靠在椅子上，转了转脑袋，听见脖子发出了好几次嘎吱声。她十指握拳，再舒展开，活动了下手指，开始制作更为复杂的符咒。

她将铁丝穿过一个没用过的橡胶纽扣。她又从手镯上取下一颗铜珠。然后用麻绳串起一扇小小的通过熔塑工艺制成的翅膀。这扇翅膀还是今年年初，她在学习聚酯纤维魔法的时候，在城里买的。然而，自从帮"茴香"做好骨架之后，她就再没研究过以塑料为介质的魔法。塑料是最晚被发现的魔法介质，西奥妮找不到太多不依靠浇铸工艺、不需要焊接工具的咒术。

橡胶术和塑料的聚酯纤维合成术都是她新近习得的技能，因为跟其他的魔法介质原材料相比，实在是难找到这两种的样本。她做了大量的调查研究，还和不少的小贩打过交道。可通常情况下，她既不是橡胶匠，也不是聚酯纤维匠，再加上她也不敢四处宣扬自己的技能，小贩们并没有认真地对待她。但经过足够多的努力和调查，她终于还是找到了用来订立契约的样本。

厨房中有一个装了半瓶杏仁露的小瓶子。她在房子里翻翻找找了半个小时，想要找一个再小一点儿的瓶子。接着，她突然想起了妹妹吉娜送给她的几瓶香水小样。她把香味最淡的那瓶倒空，冲洗干净。接着从书桌最下面的抽屉中掏出一个拳头大小的油罐子。里面的油只和汽车发动机里的汽油有些许不同。她小心地滴了几滴进香水瓶子,然后紧紧塞住瓶子,再用铁丝将其缠住。

另一样被她藏在抽屉中的物件是液态乳胶。乳胶被装在一个很小的瓶子中,不过足够她用了。对她来说,这是最难找到的一样原材料。想要说清楚为什么她需要它,也不是一件容易的事情。她用铁丝绑好它。接着从同一个抽屉中拿出了一把纯银的勺子。尽管这把勺子已经有了些锈迹,但却是她和金属介质解除契约的魔杖。

她用钳子夹住勺柄的顶端,前前后后地弯折,直到这种柔软的金属被折断。她用铁丝缠住勺子凹下去的那部分,再在它的顶端做出了一个挂钩的形状。

她将自己的手工作品一样一样地挂在麻绳上,制成了一条看起来乱七八糟的项链。然后她记住了每一件物品在项链上的位置。她将麻绳拴紧,然后小心翼翼地套上脖子,以免自己被玻璃和折断的银器刮伤。

她感到背部酸疼,但却非常有成就感。有了这个,她就算是做好了万全的准备。萨拉杰或许有控制血肉的能力,但她却能控制其他一切。

西奥妮看了看钟,还有时间。

她把项链藏在衬衫之下,收拾出一个小包,找出自行车,准备骑上好一段路进城。

是时候拜访魔法师阿维斯基了。

第五章

　　西奥妮踏着自行车进入了伦敦城区。她穿过议会广场，经过圣奥尔本斯鲑鱼小酒馆——那个她第一次见到格拉斯·寇伯特的地方。那时，她正和黛丽拉一起吃午餐。当她绕过大本钟，在缓慢行驶的汽车之间穿过一条窄小的单行道时，她试图不再沉湎于回忆之中，但她亲爱的朋友精灵般的笑声却似乎如影随形。

　　好在她自己骑车带出的风让她于温暖的阳光中清醒了几分。她骑过格兰芝大街，穿过兰贝斯区。虽然铁路并没有行经这一地区，但从伦敦中央车站离去的火车发出的巨大而沉重的汽笛声，回荡在整个城市之中。

　　转过街角，西奥妮减慢了车速。又经过了一堆造型复古的房子，她终于在一栋大小适中的被漆成深灰绿色的房子前停了下来，虽然房子正面沉重的石雕作品几乎将颜色全部覆盖住了。房子带有一个小花园和一道低矮的铁铸栅栏。栅栏的每一个尖桩之上，都安有被玻璃匠施了魔法的灯泡。每当太阳落山，灯泡便会自动亮起。西奥妮揣测，这一定是一种安全措施。魔法师阿维斯基从来没有什么美学上的追求。

西奥妮从自行车上下来，用手指梳了梳头发，然后重新盘好了法式发髻。自从黛丽拉过世之后，魔法师阿维斯基便搬到了这里来。她已经在这里住了近两年。这位玻璃匠肯定也深受自己不堪回首的回忆折磨，虽然她从未向西奥妮吐露过一个字。

她走向前门，敲了敲门。一时之间，她似乎是站在另一栋房子的门廊上，敲着一扇不会有人应的门。因为应门的人已经被格拉斯绑在了阁楼中。

西奥妮摇了摇头，紧闭双眼，想要将这些回忆驱逐出脑海。

如果你早点儿赶到，她可能现在还活着。她自己的声音似乎是从位于后脑勺某处的幽深洞穴中传来。然后这声音变成了一种再为熟悉不过的回音，一遍又一遍响起。

她揉揉太阳穴。**我总是来迟一步，不是吗？**她这么想着，浑身骨头都变沉重了。很多年前，如果能早半个小时到她最好的朋友安妮丝的家中，西奥妮就能阻止她自杀。如果她早些到魔法师阿维斯基的家中，就能制止格拉斯杀害黛丽拉。

"够了，停下。"她轻声对自己说。她继续敲门，关节叩在木头上的声音扰乱了她冗长的回忆。这时候她才意识到，魔法师阿维斯基有可能不在家，尤其是考虑到她的职业性质。

西奥妮皱起眉头。就她所知，这位玻璃匠没再收过学徒。发生了黛丽拉的事情，她没办法再收学徒了。

"好吧，至少我锻炼了身体。"西奥妮自言自语地说。她又敲了一下门，然后按响了门铃。

让她感到安慰的是，她听到了房子里面有轻柔的脚步声，脚步声离门越来越近。在门打开之前，脚步声停了下来。

"特维尔小姐，"魔法师阿维斯基站在门框边上说，"我确实没想到你今天会来。"但是从她的声音中听不出丝毫惊讶。她肯定通过某种魔咒或是其他的方式看到了来人正是西奥妮。

"我知道自己本来应该先发一封电报，或者先通过纸鸟跟您联系。"西奥妮的手交握在她的背后，回答说，"希望您有空，我有非常重要的……私事想要跟您聊一聊。"

一如既往地，阿维斯基薄薄的嘴唇轻撇了一下，但转瞬就平复了。她调了一下架在鼻梁上的眼镜——这是一副新的银制框架的眼镜。从两个镜面右上方角落里不起眼的蚀刻标签可以得知，这是一副魔法眼镜。如果西奥妮对她的副业——玻璃魔法的记忆是正确的话，施了这种咒语的镜片有放大功能，几乎能达到显微镜的水平。"当然。"她一边说，一边侧身让开，"进来吧。"

西奥妮踏进门，脱掉鞋子。魔法师阿维斯基关上门，用手势邀请她进前厅。

"你来这里，是不是因为担心你的魔法师资格测试？"魔法师阿维斯基问道。她将平她的裙子，坐进壁炉旁边的一张淡紫色座椅，"特维尔小姐，你并不是必须在两年的学习后参加资格考试。还是说你担心的是魔法师塞恩不会监考你？"

西奥妮眨眨眼，惊讶得差点儿从印有棕色和深蓝色百合花的沙发边上滑下来，"您知道这件事？"

"职责所在，务必要知道。"魔法师阿维斯基回答。她的鼻孔又翘高了些，更接近天花板了。她那僵硬的肩膀放松下来，"事实上，我觉得自己有义务知晓那些我在塔吉斯·普拉夫魔法学校负责过的学生的近况。至少得看着他们开始自己的职业生涯。"

西奥妮点点头，又笑了起来，"我没想到你也会感情用事。"

阿维斯基扬起了一条眉毛。

"但不是的，"她放在膝盖上的手掌拧成一团，继续说道，"我来这里并不是因为我的考试，与我的学业没有任何关系。我来找你，是因为艾默……魔法师塞恩昨天晚上收到了一份电报。"

这位玻璃魔法师的肩又变得僵硬了。"魔法师休斯发来的。"她说。虽然她的话听起来并不是一个问句，然而西奥妮还是点了点头。阿维斯基一定也收到了关于萨拉杰的消息。

阿维斯基长叹了一声，靠在椅背上，用一根手指抵住额头，刚好放在眼镜的鼻架上方。"这个人的头脑不太清醒。"她说,"他很有可能将魔法师塞恩也算作了刑侦局里的正式员工。"

"魔法师塞恩已经从那项工作中退出了。"西奥妮脱口而出,显得有些过于急切了。幸运的是,魔法师阿维斯基并没有注意到这点。或者,她可能只是没有指出来。

这位玻璃匠深吸了一口气,放下手,坐在椅子上的身子向前倾,胳膊肘撑在膝盖上。这个姿势太过随意,西奥妮从没想过一个女人也可以搭配这种姿势。"我不是刑侦局的人。"她迎着西奥妮的目光说,"我知道的很少,可能还不如你知道的多。"

这不是一个斩钉截铁的拒绝。西奥妮在生活中见识这种口气见识得太多了,十分清楚其中的门道。自从格拉斯的事发生之后,魔法师阿维斯基比以前更包容她了。或许正是因为如此,她停止了调查西奥妮和艾默里之间的关系。

"我所知道的不过是一封电报罢了。"西奥妮说话的声音越来越小,虽然并没有人在偷听,"请您再多告诉我一些事情。她曾经用我家人的生命威胁过我。他本应……"她哽咽了,"他本应该已经死了。"

"他们还真是不慌不忙,对吧?"阿维斯基嘲讽地说道,比起对西奥妮抱怨,更像是对她自己说的,"我曾经想过,事情已经发生了,就算从那个人嘴里面挖出了信息,又有什么用。我都不敢去想……"

她说不下去了。她清了清喉咙,接着道:"他还会伤害那些人。"

西奥妮咬了咬嘴唇。一时之间,她仿佛看到了黛丽拉的鬼魂站在通往前厅的玄关中，被一个从未听过的笑话逗得哈哈大笑。可是她不在了，她的笑声，也只有于回忆之中听闻。

魔法师阿维斯基又发出了一声叹息，仿佛她刚刚也有相同的感慨，"他在前往朴茨茅斯监狱的路上潜逃了。按照计划，他将会在那儿被执行死刑。"

"是从哈斯拉尔①一带逃脱的？"

"嗯。"阿维斯基点头同意。她从椅子上坐直身子，"我觉得应该是靠近戈斯波特②，位于城市交界地带的某个地方。我并没有强迫魔法师休斯告诉我更多。"

"但他是怎么逃脱的呢？"西奥妮恳求道，"我研究过他们是如何关押血割者的：约束衣，二十四小时警卫把守，单间隔离。他们甚至在血割者的嘴巴里放东西，只为防止他们从自己的舌头和口腔内侧取血！"西奥妮感到血往脖子上涌。

"特维尔小姐，你没必要给我上课。"玻璃匠说道，"我很清楚。我想他应该是将头狠狠地撞向警卫，把自己撞出了鼻血。我听说魔法师用自己的血施展血割咒，咒术的威力会小得多，但也已经够了。他成功地损毁了车厢的一侧，逃跑了。"

西奥妮想起了里拉曾经用来推倒艾默里家的前门的魔咒，"没人追他？"

---

① 英国南海岸地区。
② 英国南部海港。

"我不知道。"魔法师阿维斯基的下巴微微上扬，露出了一丝恼怒的神情，"我想应该是追了他的。只要是有理智的人，都会派遣一大堆警卫押送萨拉杰·培伦提，更别说负责人应该本来就是个魔法师。但这不在我的管辖范围之内，我确实不知道。"

但他去了哪儿呢？萨拉杰真的会像艾默里推测的那样，逃离英格兰？朴茨茅斯和哈斯拉尔不就在南海岸吗，不是吗？

这么唾手可得的逃生机会。萨拉杰疯了才会错过它。

然而，她还是感到胃里一阵翻江倒海。

西奥妮没有说出这些想法，将它们压回脑海深处。这一努力使得她的后颈发麻。她清清嗓子，努力装作对这一消息并不在意的样子，继续问道："在造纸厂事故之前，萨拉杰还做过些什么？"

魔法师阿维斯基用手指轻叩着下巴，接着又调整了一下眼镜的位置。这次她没有以不在刑侦局工作为借口搪塞她，而是说道："我想，他好像曾跟格拉斯·寇伯特以及里拉·霍普森一同在苏格兰经历了什么折磨。我并不清楚其中的细节。但是特维尔小姐，"她坐在椅子上，猛地向前一耸，"你必须得相信，你和你的亲人很安全。从萨拉杰·培伦提的案底来看，他不会再追着他们不放了。"

这番话起到了些许安慰的作用。"你既然不是刑侦局的人，"西奥妮说，"又是怎么知道这些的呢？"

玻璃匠皱起眉头，"萨拉杰·培伦提可是名声在外，知道他的人可不仅仅限于英国的执法机构内部。真是一个幼稚的问题。"

西奥妮叹了口气,"是的,你说得对。"

她的手抓着裙子,但没再继续使力搓它。她的脑袋里一团糨糊,就跟做松饼的奶油似的。西奥妮抹平裙子,闭上眼睛,过了好一会儿,直到回了魂儿才睁开。接着,她伸手在包里翻找,掏出了一张长方形的灰色纸张。她将纸从中撕成两半,命令道:"模仿。"阿维斯基再次扬眉。

西奥妮将其中的半张递给她。"可以把它看作'镜对镜传播'魔咒。"西奥妮解释道。事实上,和这个折匠的咒语相比,镜子咒语更简单省事。但是魔法师阿维斯基并不知道西奥妮做的那些解除契约的练习,西奥妮也没准备好告诉她这一秘密。一旦一个秘密被多人所知,数口相传,任何人都可能会知道它,甚至包括血割者。

西奥妮继续说:"您在这一半上面写的任何东西,都会出现在我的这一半上。如果您得知了任何新消息,或者不管出于什么样的目的,您需要联系我,都请您写在这上面。和电报相比,它更快,也更……私密。"

玻璃魔法师扫了一眼这半张纸。让西奥妮放下心来的是,她最终还是点点头,将其对折了两次,放进量身定做的短款上衣中。"好吧。"她说,"我会带在身边的。"西奥妮的肩膀放松了下来,她这时才意识到刚刚连双肩都是紧绷的,"谢谢您的帮助。我只是想要……减轻一些焦虑感。"

从位于戈斯波特的哈斯拉尔,她想着,到朴茨茅斯。我必须确定他是真的逃跑了，不会再来找我们。我必须得确认，再也不会有更多的黛丽拉和安妮丝。

西奥妮站起来，抓起包。魔法师阿维斯基也站了起来。

"你想来点儿茶吗？"她问道，瘪着嘴，看起来似乎有些担忧，"门外有车接你吗？"

"不用了，谢谢您。我会安全到家的。"西奥妮说道，并用笑容强调她已经得到了安慰，"而且我也应该回家了。在考试之前，还有很多功课要做。"

魔法师阿维斯基看起来很满意她的这个回答，"那好吧。路上小心，西奥妮。"

玻璃匠将西奥妮送到门口。西奥妮拿到她的自行车，推着车走过花园，来到人行道上，余光瞥着阿维斯基家的大门。

西奥妮转过街角，骑上自行车。她骑了一会儿，进入城市中心，前往议会广场。在那儿，她听到了大本钟的整点报时钟声。

这一次，她没有直接穿过广场，返回艾默里的农舍。她将自行车停在了圣奥尔本斯鲑鱼小酒馆的外面。讽刺的是，她正是在同样的地方丢失了上一辆自行车的。

西奥妮整平裙子，梳好头发，朝着议会大厦走去。考虑到她此行的目的，那个地方还是过于显眼了。但她知道那里的镜子质量很好，可以保证一定程度上的安全。更何况，她没时间去找更合适的地方了。至少，洗手间的门是锁上的。

当她靠近大厦时，一阵熟悉的笑声引起了她的注意。西奥妮经过了一家叫作"好做工"的裁缝店，来到街角，打量着、搜寻着这条和广场相连的窄路上的熙熙攘攘、形形色色的顾客和行人。

她发现了自己的妹妹吉娜正斜靠在"好做工"一侧的砖墙上，穿着一条几乎可以算得上不端庄的超短裙。她和两个男人在一起：一个不过刚刚迈入了可以被称作男人的年纪，另一个则看起来和吉娜差不多大。他一手夹着烟，另一只胳膊则撑在砖墙上。

"吉娜！"西奥妮叫道，小跑到街道上。在这里看到妹妹，出乎她的意料。她的家人搬到了波普拉区，从那儿到议会广场，可要走好长一段路，算不上什么轻松的行程。

吉娜随意地抬头看了一眼。她看起来并没因为偶遇而感到惊喜。这让西奥妮放慢了脚步。

西奥妮在开口询问之前朝那两个男人点头示意了一下，"你在这儿做什么？妈妈和爸……他们也在这儿吗？"*大剌剌地出现在伦敦市中心，等着某个血割者将他们视为待宰的羔羊吗？*

吉娜翻了一个白眼，"西奥妮，我已经十九岁了，不再需要人护送。"

"我的意思不是你需要护送。我只是想知道……"

"能把你的'好奇心'放在那儿吗？"吉娜指着大街问道，"我现在有些忙。"

西奥妮看了一眼那个稍微年长些的男人。"不好意思，耽误你们一小会儿。"她说道。但他并没有表现出回避的意思。她接着对吉娜说："怎么了？你怎么是这个反应？我两个月没见你了，怎么突然就变得跟害虫一样惹人厌了？"

吉娜用嘴模仿出苍蝇的嗡嗡声。旁边的两个男人偷笑。

西奥妮强压怒气，挺直脊背，靠近吉娜，"听着，或许你应该回家了。现在有些……事情发生了，我很担心家里人。你能……"

"西奥妮！"吉娜厉声道，"你聋了吗？你，还有其他的人，都没权利教我注重礼节。"

有些路人向情绪激动的吉娜看了过来。

"我没在说礼节不礼节的事情！我在说你们的安全问题！"西奥妮驳斥道。她的母亲提到过吉娜新养成的一些习惯——晚归和交些不三不四的朋友。但她的妹妹真的变得如此难以相处？

吉娜一推砖墙，站直身子，长得已经比西奥妮还要高上一寸。"你知道吗？我知道你和魔法师塞恩的事。"她说道，声音大得让人有些不舒服。西奥妮脸红了，"我和魔法师塞恩的什么事？"

"就是我听到的爸妈在谈论的事。"她说，"天啊，西奥妮，跟大人物上床很爽吧。而且他还离过婚，是吗？"

西奥妮的皮肤变得滚烫，她红得好像是个西红柿。窃窃的低语声在她身边回荡：*她在说些什么？这女孩怎么变成这样？*她感到时间都变慢了，行经的路人似乎也放慢了脚步，迫切地想要探听更多八卦。

吉娜交叉双臂抱在胸前。

西奥妮听到了自己如同鼓点般的心跳声。她感到一阵恶心。"我没有——"她悄悄地说,"做那种事,吉娜。没跟任何人做过那种事。"

她以为自己的耳朵一定烧得通红,滚烫的脸颊最后会烧成灰烬,但是尴尬的瞬间总会过去,再为糟糕也不例外。

"随你怎么说吧,姐。"吉娜漫不经心地挥着一只手离开了,甚至都没回头看一眼。吸烟的那个男人朝西奥妮咧嘴一笑,甚至在离开前还特意挑了挑眉毛。

西奥妮感到自己正站在一英寸高的地方赤裸裸地被人盯着看,她猛地转身,僵硬而迅速地走向主路。她倒抽了一口凉气。因为她正巧看到了霍洛威夫人侧着身子,跟身旁年纪更大一些的同伴咬耳朵,"我知道他,就是那个魔法师塞恩。这女孩如此年轻,他又没有妻子。孤男寡女……大家都很好奇他们之前发生了什么。"

上帝啊,西奥妮暗自祷告,紧紧地将包抱在身前,**我又没做错什么**。

她继续向前走。因为活动了起来,血液渐渐从脸流回身体,这样一来,满面的羞愧神色也不再明显。她大脑飞速地转动着。是的,她和妹妹这几年聚少离多,但在西奥妮读中学之前,她们是最好的朋友。**吉娜,你到底怎么了?**

议会大厦已在眼前。西奥妮的回忆闪回到她和魔法师阿维斯基的对话,十指不由得紧握成拳,指甲嵌入肉中。萨拉杰。她不能把注意力放在吉娜的身上，甚或是放在艾默里身上，她得专注于萨拉杰。

她走进了大厦。

两名警卫看着她走了进去。任何一名看起来没有问题的人都可以进入大厦的第一层。像西奥妮一样的年轻女人，一般都不会被看作可疑人士。至少在她的脸色已经差不多恢复了正常颜色的情况下，是这样的。

她继续走着，平视前方，朝每一个经过她的人微笑。有西装革履的商务人士跟她点头示意，她也回以点头。当她到达位于左侧的女洗手间，她仍然保持着之前的步速，不慌不忙地走了进去。在锁上洗手间门之前，仔细探听了门外的情况。

她花了一会儿工夫整理思绪，调整呼吸。**想着萨拉杰。把注意力放在他身上。**

在门与马桶隔间的梳妆区域中，有一面挂在贴有墙纸的墙上的大镜子，就悬挂在华丽的梳妆台之上。梳妆台旁，还放着一把带衬垫的椅子。西奥妮清楚地记得这面镜子。黛丽拉曾用这面镜子，带她于大厦和她的临时公寓之间穿梭①。

西奥妮挺起胸，抽出椅子，把椅子拖到梳妆台正面，这样她就能站在椅子上，够到那面镜子。西奥妮从衬衣领子里掏出她的魔咒项链，一把将项链拽了下来。她用手指夹住木头符咒，念出咒语，解除

---

① 黛丽拉和西奥妮借镜跃迁的情节见第二部第八章。

了她和纸的契约。

她又将自己和玻璃绑定起来。接着，学着很久之前她朋友的样子，触摸镜子的边缘。

她开始搜寻需要的镜子。

她将全部的精力都倾注在镜子之上，搜寻着某个陌生的签名[1]。她从洗手间的镜子开始，渐渐扩大搜寻的范围，先是找到议会大厦中的镜子，然后经过议会广场，经过伦敦市区中的镜子、克罗伊登的镜子、法恩伯勒[2]的镜子。她觉得自己的思绪开始像太妃糖一样融化。她倾尽所能，大脑飞速转动，意识瞬息万变。这让她筋疲力尽，她从来没有试过用这种魔法搜寻这么远的范围。但一定能成功的。她以前尝试过这个咒术，不过只局限在她的房间之中，而且用的是一面小很多的镜子。

就在那儿，她想，马上就要找到了。

西奥妮继续执行着搜索咒，同时用手在镜子上顺时针画圈，逆时针转圈，又再次顺时针画圈。她低声念道："转移，穿越。"

镜面波动起来，变成银白色的液体，等待着吞噬她。

西奥妮屏住呼吸，跨了进去。

---

①在小说的设定中，每面镜子都有自己的标识，即签名。改换签名，就可以借镜跃迁。如果不知道签名，就需要先搜索镜子的位置。

②克罗伊登、法恩伯勒都是伦敦周边地区的地名。

第六章

　　液态玻璃的触感如同冰凉的水，像窗帘一般包裹住了西奥妮。凉意渗进衣服和皮肤，但却没有将它们浸湿。她的记忆闪回到了小汽车冲进漆黑的小河河面的那一刻，冰冷的水逐渐淹没她的身躯，萨拉杰在河岸上冷眼旁观。有三个原因让她不太愿意使用借镜跃迁术，这种特殊的感觉是其中之一，它让她想起了溺水的感觉。

　　第二个原因是她很害怕被人发现。

　　第三是因为害怕镜子碎了，自己被困在其中……

　　这种事情真的发生过。有一次，她走进了一面破碎的镜子[1]，被困在一个到处都是银灰色东西的地方。尖利的钟乳石将她上下包

───────────

[1] 见第二部第十五章。

围，炭灰色的石块浮在半空中，镜面上的银色网状裂痕如同云朵般飘浮，又如同迷雾般蔓延。

她缓缓前行，注意观察每一处障碍、每一处险峻之地。她找到的这面镜子没有被精心养护，布满了灰尘和裂纹，导致在她面前，出现的是一片充满了阻碍和危险的地带。在她左手边稍远的地方，地面凹陷，仿佛发生过地震——说明镜子上有一条大裂纹。

西奥妮咬住嘴唇，试探着向前走出一步，接着再进一步，寻找着可以下脚的地方。如果没有找到可供行走的路，她就只有返回。这只是一次小调查，她没必要把命丢在这个玻璃监狱中。但试试总是可以的。

她跨过一根石笋，侧身避开那蛛网一般的东西——镜面上的划痕，看起来像是被刮胡刀弄出来的。它绞成一团，就像是梳头的时候被梳子刮下来然后落在大腿上的纠结在一起的乱发。西奥妮弯腰躲开另一个网状物，裙子却被第三个挂住了。她使劲一拽，把裙子拉了下来，但裙子还是被扯出了一个小口子。

在一朵朵网状云朵之下，地面微微下陷。但在那之后，她看到了自己所找的那面镜子发光的表面，那镜子还真不小。她小心翼翼地踩过如同冰面般光滑的凹状地面，终于到达了镜面，再次投入冰凉的镜面。

当她浮出镜面后，她发现自己置身在一个像是储藏室的地方，好在其中没有人。她穿过的镜子没有镜框，直接挂在墙上，大概有六英尺长、四英尺宽。镜子的表面布满了污痕和划痕。另外一张窄一点的镜子则斜靠在对面的墙上，两侧用几团堆的乱七八糟的织物固定着。

西奥妮为了适应室内昏暗的光线和消化突然来临的孤独感，眨了几下眼睛。她看到了两个裸着的假人模特，其中一个已经破损了。在它们之后，则放着一个老旧的木头架子，架子上胡乱地堆叠满了丝织品的碎片，绸缎的、棉麻的、法兰绒的，应有尽有。有一个小盒子，横在她和门之间。盒子中装满了零零碎碎的布料，但显然不足以给任何人制作衣服。西奥妮轻轻地把它移到一边，尽量不发出太大的噪音，然后跨出门，来到了一个狭窄的厅堂。

这是一间制衣铺。

西奥妮的目光穿过走廊，来到了展示着已经做好的长袍和外套的前厅。一卷卷用来出售的料子被搁在靠着墙的窄架子上，按照尺码摆放着。一个大块头的中年女人背对着西奥妮，坐在收银机后面扭来扭去。西奥妮踮着脚尖轻轻地从房间后面走到放面料的架子旁。女人这时才转过身来。

她吃了一惊，"哦，老天爷！你吓死我了。"她淡褐色的眼睛看了看门口，门上挂着一个当顾客进店时会响的钟，"我都没听到你走进来。"

"噢，对不起。"西奥妮挤出一个微笑，"我想找点儿……嗯……像杂志上的那种有波点花纹的面料。像是这种，"她指着一匹底色为浅橙色、上面带有桃色圆点的面料，"但跟我在找的还是有一点不一样。"

"波点花纹？"女人重复道，点了点下巴，"我有一本小册子，如果你想要的是某种特别的款式，可以先在那上面看看。"

西奥妮紧握着皮包的包带，"好的，我等会儿看看吧。但现在我还要去另一个地方看看，不过我应该会回来的。"

"哦。好的。路上小心。"

西奥妮点点头，朝门口走去，还没走进门钟能感应到的范围时，她问道："我刚下火车。我现在在朴茨茅斯的什么地方呢？"

女人正在摆弄收银台旁边的一把刷子，"亲爱的，再往南走八英里才是朴茨茅斯。倒不算很远。这里是滑铁卢维尔。你没看到标志吗？"

"谢谢您。"西奥妮回复道。她来到室外，数了数包里的英镑，想知道她到底是雇一辆车还是再来一次穿越镜子的旅行。

她用大拇指和食指捏着几张钞票。"小汽车要更安全些。"她低声对自己说。另外，穿越制衣铺的镜子的旅程让她的头到现在都还在痛。

她拦下了经过的第二辆小汽车，但关于目的地，她给出的指示却不甚清晰。她只知道是在戈斯波特一带。她询问司机是否能在途中下车，得到回复后安静地坐进了车后座。在路上，她看到了波切斯特城堡的路标。从车窗看出去，能隐隐看到远处的宏伟城堡。她很好奇艾默里会不会对游览这样的地方感兴趣。她得想个办法问问他，但不能让他对这一想法的来源产生怀疑。

我只是需要确定，她一边想，一边拨弄着皮包的搭扣，*他已经离开英国了，仅此而已。如果没有……我得通知什么人，让他们再深入调查一番。*

她的手心出了汗。

西奥妮看着大海离她的车越来越近。海面上有一排一排纵横交错的军舰，每艘军舰之间都有两到三个船坞。现在停泊在那里的船大多数都很小，还有一些大一点儿的船，停在更远的海面。因为太远了，所以看起来也没什么威胁。

一个海军港，并且位于两个监狱之间，看来确实就是这个地方了。但这个位置同样也使西奥妮觉得头皮发麻。在军队的包围之中，她或许没办法走远。

她让司机向海滨地区开去，找一个和军港与大海距离适当的位置停车。等到车子停下，她付给了司机一笔丰厚的小费。在她开始冒险之前，汽车便掉头驶回滑铁卢维尔了。

西奥妮观察着面前的路，宽度能容两辆车并行通过。萨拉杰和看守他的警卫是否曾从这条路上经过呢？还是说她调查的方向已经完全错误了？执法部门肯定会带着他走哈斯拉尔和朴茨茅斯之间的水路，除非他们害怕他能在开阔的海面上跑掉，不管有没有被绑起来。

　　一阵凉爽的、带着腥咸气味的海风从西奥妮的耳畔拂过，将她的思绪带向了大海。她回忆起两年前和里拉站在浑浊岛的场景。那个刚刚结束学徒生涯的血割者，将血滴在海水里，掀起一阵巨浪，从西奥妮身后席卷而来，毁掉了她的大部分纸魔咒。如果萨拉杰·培伦提拥有足够多的血液，他能够让大海做些什么？

　　西奥妮甩甩头，看了一眼天色。现在可没有时间拿来浪费了。

　　她离开了眼前的大路，没有向军事据点那边走，而是走向市镇方向。她拿出有着"在1744年"标志的星光咒，重新将自己和纸绑定起来。她找到了一小片没有被茂盛的野草和丛生的荆棘覆盖住的空地，蹲下来，开始折纸。艾默里有一个蠢规矩，不允许在膝盖上折纸。但她又不可能一路上拖着一块折纸板。不过，在膝盖上折纸的确需要更为专心致志。

　　她折了好几只纸鸣禽，这是学徒生涯刚刚开始时她就学会了的魔咒。一共折好了四只：两只白的，一只黄的，一只红的。

　　"呼吸。"她下令。

　　她掌中的纸制生物苏醒了过来，就像是她说出的那个单词将灵魂注入了它们的体内。她用手指捏住鸟身躯的下端，免得它们突然飞走。

　　"我们要找一些特别的东西。"她对着它们说，"搜索这一块区域，能搜查方圆几英里，就搜查几英里。寻找破碎的车厢、刹车的痕迹，或许还有打斗的痕迹。还有大步行走的足迹、街面上或是泥土里的血迹，以及一个脸型瘦削的印度男人。"

她停下来想了一会儿，"对了，还有位于室外的镜子或是其他玻璃材质的平面，要跟海军基地隔得远一点儿。"如果幸运的话，她说不定能找到一面"视野"不错的镜子，能照出这片区域的景象。这样一来，她就能从镜子中挖掘之前发生的事情，亲自看到萨拉杰，"如果有什么发现，就飞回来找我。"

鸟儿们扇动起尖尖的翅膀，西奥妮放开了它们。又一阵微风吹来，它们乘风而起。一只白鸟和红鸟一起飞向市镇。另外两只则分开来，一只飞向海岸线，一只向西奥妮的来路飞去。

任何一个路过的行人都会觉得它们是送信的鸟。如果萨拉杰认出了其中的一只，希望它也发现了*他*。拥有一把双刃剑总比两手空空的好。

与此同时，西奥妮也出发了。

她在大路上走了一会儿，算了算所花费的时间。或许艾默里将要在达特福德待到很晚，她不用准时回家。然而对这个假设，她自己都深表怀疑。纸魔法师并不热衷于商务旅行，不管旅行的目的是什么。

想起艾默里，西奥妮便想起了议会广场上那难堪的一幕。"**听到他们在谈的事**"。她边走边回想这句话。爸妈到底在讨论什么事，而且这么大声让吉娜都听见了？接着又想到，吉娜听墙根的本事快赶上自己的了。她真的很生她妹妹的气……她很生气，可她更担心家人们的安全。萨拉杰知道他们都长什么样吗？就算萨拉杰没有逃离这个国家，他也肯定还没有到伦敦，至少靠走路是到不了的。更何况，他何必去人那么多的地方呢？除非，出于某个特别的目的，他非去首都不可……但是西奥妮想不出他如果不是为了找自己，还有什么别的理由。

即使是对他来说，也太冒险了，不是吗？她想。他肯定已经逃走了。我其实都不用证明的。

艾默里和魔法师阿维斯基，这两个她毫无保留信任的人，都告诉她她的家人是安全的。她或许应该让刑侦局自己去解决这些事。

然而，当初她如果对黛丽拉更上心一点儿，或许事情的结局会不一样。她必须知道确切的情况。

接着，西奥妮冒险离开了主路，在海军基地和市镇之间的荒凉地带开始搜寻，寻她让那些纸鸟探查的踪迹。不到一个小时，她便在无意中发现了一片被压扁的草坪。她和玻璃订立下契约，从皮包里拿出一片用橡胶镶边的圆形玻璃片，下达命令："放大。"那片只比挂坠相框大一点儿的镜片瞬间变成了一个放大镜，放大了她脚下被压扁的野草地。可是她并没有发现什么异常。

"老天啊，西奥妮，跟大人物上床的感觉是不是很好？"她妹妹的说话声又钻入了她的脑海，"他是不是还离过婚？"

吉娜说得太大声了。而且还是用这么粗俗的语言！

她用力将这些想法甩开。"专注在萨拉杰的事情上。"她自责道，

"他的问题才更严重。"

又是半个小时过去，她的脚走酸了。有一只白鸟疲惫地扇动着翅膀，飞了回来。西奥妮又和纸订立契约，召唤纸鸟飞下来。

"小东西，你发现了什么？"她问道，被阳光烤得暖烘烘的肩膀上突然感到一阵针刺般的寒意。纸鸣禽在她的掌心中跳了三下，然后贴地向西方飞去。西奥妮赶紧提起长裙子，跟在它的后面。

鸟朝着远离大路的方向飞了好一段距离。等它在长满野草的泥土小径上降落时，西奥妮已经跑得满面通红，汗水粘在发际线周围，女士衬衫也湿透了。鸟降落的地方离城镇的边界不远，可以遥遥看见暴露在地面上的下水管。西奥妮本来可以用扇子咒让自己迅速凉快起来，但由于震惊，她只是不停地用手掌在脸颊旁扇着风。

她环顾周围。丛生的杂草东倒西歪，被践踏、被连根拔起，此处像是发生过一场搏斗。有一个亮闪闪的东西引起了她的注意，她蹲了下来，捡起一颗用过的子弹，子弹已经碎了。子弹一定撞上了坚硬的东西，或许就是那车厢？但西奥妮并没有看到轮胎的痕迹。她注意到，子弹上面蚀刻着一个命中符咒，至少说明当时有熔铁匠在场。当然，也无法排除这颗子弹属于海军基地。不过西奥妮觉得那不太可能。

白色纸鸟的翅膀在冷风中向后折了起来，它停在被太阳晒蔫了的牵牛花枯瘦的藤蔓上。花朵的根茎有一半都被拔出了泥土。西奥妮跪了下来，将杂草和泥土都刨到一边。夏日的阳光在一片只比拇指指甲盖大一点儿的棕色玻璃碎片上闪耀着，碎片或许来自某个不当值的海军军官扔下的啤酒瓶。她拭去玻璃上的一层薄薄的灰尘，看到碎片光滑的表面——玻璃瓶的内侧，映出了自己的脸。虽然玻璃中的影像算不上毫无瑕疵，但也完全能满足她目前的需要了。

"乖鸟儿。"西奥妮还没喘过气来，用手背擦了擦额头上的汗，然后命令道，"停止。"

刚还得意洋洋的鸟儿翻倒在了地上，一动不动了。

西奥妮将棕色玻璃放在掌心中。她还从未尝试过拿镜子以外的东西施展镜子咒语……但是玻璃匠的咒语可以在非玻璃匠制品上施展，所以还是值得一试。

西奥妮用手指拨弄着她的符咒项链。她解除和纸的契约，然后再次成了一位玻璃魔法师。

她凝视着自己棕色的倒影，命令道："倒映，过去。"

她镜中的形象左右晃动起来，然后打着旋儿从玻璃碎片中消失了。然后，她在碎片上看到了一丛丛杂草和天空的一角，天空中只有一朵狭长的云。

西奥妮紧紧地抿着嘴唇，拼命回忆自己曾读过的玻璃术教科书中关于这项咒语的操作细则。

"倒退，显影。"她指示道。

云朵的倒影缓慢地从玻璃碎片上散去。

　　"十倍快进。"她说。棕色玻璃瓶上的倒影以十倍的速度飞快地后退。日光泯灭，星辰出现，接着，太阳再度出现。绿草在风中摇曳。

　　"再十倍，再十倍。"西奥妮继续下达指令，玻璃碎片回放倒影的速度越来越快。玻璃匠学徒在他或她的第一年学徒生涯中，就将学习这个回放咒。西奥妮觉得，它几乎比自己会的所有纸魔法咒语都难。或许这也是纸魔法在英国变得极为冷门的原因之一。

　　白天，夜晚，白天，夜晚。下雨天。在西奥妮的查看下，酒瓶的碎片迅速地回放着自己曾见证过的场景。不过，它看起来透露不了任何有用的……

　　"停住。"西奥妮看到了阴影，立即下令。但后来她发现，那是两个小男孩儿的影子。他们不知道在做什么游戏，两人的影子一前一后地出现在玻璃碎片上。

　　她让玻璃继续回放。又回溯了两日，一个更大的阴影出现在了玻璃上。"停住。"她的声音近乎私语。

　　玻璃碎片上的影像以正常速度播放着。一开始，玻璃片被阴影整个覆盖住了，什么也看不到。接着，影像变化了，阳光勾勒出了一头浓密的头发的轮廓。有人正在转头张望，西奥妮听到远处有鸣哨声和人的喊叫声。那声音来自警察。

　　过了一会儿，那个男人的阴影离开了玻璃碎片。但是警察的身影却一直没有出现。

　　"萨拉杰。"西奥妮低声道。当玻璃碎片上的景象重新变回了随风摇曳的荒草和夏日的天空，她放下了它。应该是他。她以前曾见过他在黑暗中的身影，现在还可以清晰地回想起来，就像回想自己今早吃的是什么一样简单。而且在这个位置，还有那些声音……她基本上可以确定了。

她的目光重新落回了掌心中的玻璃碎片。有一件事情她是可以百分百确定的：那个从玻璃片上掠过的暗影奔逃的方向是**北方**，那是城镇的方向。不是南，不是东，不是西，这三个方向都通往大海，让他获得潜逃出境的机会。

如果她猜测的是对的，萨拉杰潜入了英国，而不是从英国逃离。

一句脏话在她的舌头上打了个转儿，然后被她生生地吞了下去。她的心脏似乎在一个由刺针组成的胸腔中跳动着，每跳一下都有如针刺。她紧紧握着那片玻璃碎，碎片的边缘差点儿就划破她的皮肤。

他不是冲你来的，他不是冲你来的。他肯定有别的事。或许只是因为警察从南方追来，他不得已才选了这条路……又或者他只是想绕开海军基地罢了。他奔向北方不代表他会继续往北走。

为什么逻辑没办法说服她呢？这个问题的答案显而易见。她既不知道萨拉杰现在在哪里，也不清楚他的目的何在。他让她，以及刑侦局的其他人再次陷入了茫然的状态。

西奥妮站起来，拍掉腿上的泥，将玻璃碎片装入自己的皮包。

一只黄色纸鸟出现在她的头顶上方，滑翔着。

西奥妮捏住项链，念出咒语，又变成纸魔法师，将鸟召唤下来。纸鸟被一阵微风吹开，她差一点儿就没能抓住。纸鸟的身体皱皱巴巴的，看上去精疲力竭。

西奥妮轻抚着它收起来的一只翅膀。

这只鸟飞了很远的距离。

"你发现了什么？"她问道，要是纸鸟能够说话就好了。这只纸鸟还能撑到飞回去吗？如果真有她想的那么远的距离的话，她自己又能跟上它吗？

她抿着嘴哼哼着抱怨了两声，抬头看了看天空，并没有其余两只鸟的踪影。西奥妮用一只手捧着黄色的纸鸟，朝戈斯波尔的方向走了几步，招了好几次手之后，终于拦下了一辆车。

当司机停下车，她走到汽车的窗户前，给他看在她的掌心中蹦蹦跳跳的纸鸟。"我是一名折匠。"她说道，事先透露出这一信息，才会让她接下来的要求显得没那么蠢，"我想让您尽可能地跟着这只鸟，等我们到了目的地，我会付您报酬的。"

男人打量着她，揉了揉自己的一条眉毛，又换了另外一条揉搓，"有……多远？它会一直飞在道路上吗？小姐，我不是很了解折纸术。"

"并不是很远。"西奥妮安慰他，虽然她自己也不清楚，"至于道路……对了，它是黄色的。希望这个醒目的颜色能让您跟上它。我敢肯定，您的技术一定能胜任这项任务。当然，肯定不会让您违反交通规则的。"

司机深吸一口气，在口中包了一会儿，才缓缓吐出，就像他吸了一口烟似的。"我希望魔法师给的小费很丰厚。"他小声说道，但刚好能让西奥妮听见，"呃……我想，您可以把这玩意儿放在引擎盖上。需要我帮您上车吗？"

"我可以自己开门。"西奥妮说，也确实这么做了，然后坐进司机后面的座位上，"给我看看你找到了什么！"她对鸟儿说。

鸣禽拍打着它皱巴巴的翅膀，在车前大约几英尺的地方引路。司机开车缓缓地跟着它。当纸鸟第一次不顾交通规则，突然转弯的时候，他不得不加快车速。司机骂骂咧咧，说了不该让女士听到的脏话，西奥妮只好假装没有听到。

他开车穿过戈斯波尔，驶向西方，然后再前往北方，当遇到停在路边的马车和想要过街的行人时，他就按喇叭。纸鸟的身影只在西奥妮的视线里消失过一次，那是他们行驶在草丛边时。不过隔了一会儿，它又重新出现了。

在车上的时候，西奥妮迅速地折了一只新的鸟，折叠的方式跟另外几只有所不同。依靠某种特定折术制作出来的物件，折匠以外的人也能使用。不然的话，纸魔法师就没办法赚钱谋生了。她现在用的就是这种折术，以免被人看出这只纸鸟来自一名折匠。送信的鸟十分常见，这一只也许能和其他的信鸟混在一起，让人觉得它就和买来的信封和邮票一般，毫无惊奇之处。

西奥妮潦草地在鸟身子上写道：**萨拉杰逃往北方。请跟进他的行踪。不要试图联系我，我想要匿名举报。**

西奥妮激活了鸟，并将魔法师内阁中央大楼的地址告诉了它，然后让它从小汽车车窗飞出去，目送它消失在视线中。

小汽车经过一条又一条路，就这么开了半个多小时。街道上逐渐出现了住户的踪迹，每个街角几乎都开着一间小小的店铺。

那只黄色的鸟穿过没有玻璃的车窗飞了回来，落在西奥妮的手中。到地方了。

"停止。"她对鸟儿说，然后又对司机说，"如果可以的话，在这条街上慢慢地开。我要看一下周围的情况。"

司机没有多问，嘟囔了一声，然后照着她说的做了。西奥妮背靠在后座上，让人没法一眼就透过车窗看到她。车子缓缓地驶过排成一列的平房和高楼，她仔细地察看着它们。这时，她注意到太阳已经偏西。如果她想赶在艾默里之前回家，必须尽快回到那个制衣铺。

第一样引起西奥妮注意的并不是她看到的东西，而是她听到和闻到的。一阵美妙的音乐声传来。这音乐几乎可以称得上是喜气洋洋了，虽然就曲子来说有一点儿怪异。她之前从未听过类似的音乐，有笛子的声音，还有……西奥妮不能确定的某种乐器的拨弦声。

她闻到了肉和辣椒的香味，或许是羊肉。她闻到了马郁兰和咖喱的味道，但其他香料她就闻不出来了。

接着，她在一片低矮的住房群落中看到了鸟侦查到的人：一个印度男人。

显然，这人并不是萨拉杰。他头上包裹着蛋壳白头巾，穿着宽松的衣服，但又不完全是一件袍子。浓密的胡须遮掩住了他的半张脸。他肩上扛着好几块木板，正在朝前方的一名跟西奥妮差不多大的印度女人挥手。那个女人朝西奥妮的方向看了一眼，但目光并未停留。

随着西奥妮经过那排房子，音乐声先变大，然后越来越小。这儿有不同年龄阶段的印度人，从在门廊上玩石头的小孩儿到头发灰白、编成辫子的老女人。她看到，在一座大房子中有一张巨大的饭桌，饭桌上摆着许多浅浅的金属盘子，其中盛着西奥妮在英国菜谱中从未见过的菜肴。人行道上的人互相打着招呼，西奥妮觉得他们说的应该是印度语。

这是一个印度人社区，一片聚居区——这就是鸟儿找到的东西。她知道在伦敦东部，有一片华人聚居区，比这儿大上很多。她让自己的纸符去寻找有这些特征的事物，纸符的确找到了。

但萨拉杰不会在这儿的，不是吗？他在英国肯定没有家人……至少，没有一个愿意庇佑他的家庭。警察肯定立马就搜查过这条路了。而且，这个聚居点离他跑掉的地方太近，他不会选择冒险躲在这里。西奥妮觉得，如果易地而处，她不会觉得这里安全。

*我会找到你的，萨拉杰。*她一边想着，一边狠狠地咬着嘴唇，差

点儿咬出血来。如果你仍然在英国，我会阻止你。为了他们。

她默默记下了这个位置，但对这地方有有用的线索不抱太大希望。她肯定不能闯进陌生人的家里寻找血割者的踪迹！

她用大拇指摩挲着纸鸟的背部。

"小姐？"司机问道。他们已经走到了这条路的尽头。

"哦。请向右转。"西奥妮回复说，在椅子上放松了下来，"谢谢您，这就可以了。但是如果您能将我送去滑铁卢维尔的制衣铺，那就更好了。我不会让您白跑这趟的。"

很有可能，她得用霍洛威家付给她的酬劳来支付剩下的车费了。她已经习惯了不怎么花钱，农舍里应有尽有，能够满足她所有的生活所需。

说起农舍，她想起时间正一分一秒地过去。

"您如果不介意，请能开多快开多快。"她加了一句。司机转过头扫了她一眼。西奥妮勉强挤出一个笑容。

她赶到制衣铺时，店家就快要打烊了。她要了一个特别的花纹样式，当店员在目录册里找这个样式的货号时，她偷溜进前厅后面的小屋子。接着，她再次穿越镜中迷宫，回到了议会大厦，却发现洗手间的门已经被打开了。大概是她走之后，有人叫来了开锁匠。如果不是为了自行车，她本来可以穿过农舍的洗手间里的镜子，直接回到艾默里家。

西奥妮急急忙忙地找到她的自行车,向农舍骑去。这时,她的腿已经有些不听使唤了。

农舍的前门没有锁。她进门,深吸一口气,准备喊一声艾默里的名字,看他是否在家。但她一走进玄关,话就卡在了喉咙中。

艾默里就站在那儿,双手交叠着紧紧抱在胸前,绿眼睛里怒火熊熊——那是针对她的怒意。

第七章

西奥妮迅速地在脑子里面过了一遍她现在的形象：因为骑车，她的头发被风吹得有些杂乱，脸色绯红——但它们什么时候不红了？她的衬衣、裙子和鞋子都还算干净。通常她出门都会带包，所以这一点也不会引起他的怀疑。

她看了看自己的指甲，也还好。

"艾默里！"她说道，紧张得心脏漏跳了一拍，然后笑着说，"我没想到你这么快就回家了。"

"我没想到你这么晚才回家。"他顶了她一句，然后虚起了眼睛，但这个动作并未减损他眼中的光芒，"从派翠丝家出来，你是选了一条风景多么优美的路回家啊？"

一抹红霞慢慢爬上了西奥妮的脖子。"我今天的确是去拜访了她。"她一边回答，一边调整了一下肩膀上的包带。她接着理了一下衣领，顺手将符咒项链藏得更深了一些。"你是怎么知道的？你遇见她了吗？"她吞了一口口水，"还是她……给你发电报了？"

艾默里笑出声来，但听起来并不愉快，"噢，都不是。我身边有个爱管闲事的学徒会偷看电报，她怎么会给我发电报呢？她通过洗手间的镜子找到了我。我想想，你顺道去她家询问关于萨拉杰·培伦提的事情，已经是六个小时前的事情了。"

向上蔓延的红霞瞬间被冷却了，然后顺着西奥妮的脊柱，沉了下去。*阿维斯基！就算你用性命发誓，你也守不住秘密。*

但是，魔法师阿维斯基本来就该把这事告诉艾默里。西奥妮只是一个学徒，从理论上来说，魔法师塞恩是她的监护人。

"我去逛街了。"她说。当这句拙劣的谎言从她嘴里说出来，她的脸忍不住抽搐了一下。她既没有提着包，也没有收据。她没有可以证明她去逛街的任何东西，更何况，艾默里非常了解她，知道她根本忍受不了闲逛六个小时。

她咽下一声叹息，站直身子，虽然以她五尺三寸的个子，给不了艾默里任何压力。"我没做错什么。"她边说边往玄关里走。她经过他时，他拽住了她的胳膊。

"你总得告诉我，你做了些什么吧。"他说。

西奥妮感觉她也压抑不住自己胸中的怒火了，"我没有和血割者混在一起。你担心的是这个吗？"她厉声回答他，一把甩开了他的手。

她是在影射里拉——艾默里的前妻，这句话说得太重了。但她没看他的脸色，便气呼呼地冲进了厨房。"茴香"本来睡在餐桌旁，这时跳了下来，但西奥妮没理它，逃也似的上了楼，回到房间。

她将皮包扔在地板上，一脚将它踢到床下，拽下头发上的夹子。波浪般的橙色卷发散乱地披在她的肩头。她伸手胡乱抓了抓头发，然后双手叉腰，做了一个深呼吸。又一个。

她甚至没有听到纸魔法师靠近她房门的脚步声，只听到了他的喊声："西奥妮。"

"我去了戈斯波尔。"她说，但没有转身。

"来回戈斯波尔只用了六个小时？"

"并不是只有你一个人有滑翔机。"她说了谎，希望他不会在这个问题上揪住她的小辫子，"魔法师阿维斯基没法跟我说太多，所以我就自己去戈斯波尔调查看看。我也没找到很多的线索，不过觉得自己至少努力过了。我厌倦了总是让我们的敌人先找到我们。"

艾默里靠在门框上，门框发出一阵咯吱声，"我觉得你做得有些过了，从家里跑出去，什么事情都亲力亲为。我想我们已经聊过这件事了，还不止一次。"

她转过身。他的眼中已没有怒火了，但脸色还是很不好。"也许应该说，你对我说过这件事。"她叹气道，"我没有再次在镜子之间跃迁，追踪一个带枪的血割者。"这次有一半是谎话，"萨拉杰不在戈斯波尔附近。"要是这也是谎言就好了。

"但是他很有可能在那儿。"

"他还有可能在我的衣橱里。"她嘲讽道,"或是藏在常春藤里。"她指了指窗户,"又或是正在和屠夫喝着茶,等我们需要买猪肉的时候,他就可以趁机潜入我们家。是你自己说的,萨拉杰没有任何理由追着我们不放。"这是真的吗?他选择了北上。他为什么要去北方?

"但你也没必要去追他。"他回复道。他站得笔直,伸手挠了挠后脑勺的头发,搞得卷发乱七八糟地搭在他的脸庞边。"西奥妮,一想到那些事情,我就很难受。里拉,格拉斯……就像是你口袋里装着一张名单,上面列着一堆极度危险的罪犯名字。你好像非得跟他们中的每一个都碰上头,不然心里就不痛快。"

西奥妮环抱手臂,倒不是因为生气,只是觉得这样的姿势更舒服些,"我只想确认我的家人是安全的。"

"那他们安全吗?"

艾默里并不是在讽刺西奥妮,他想探听西奥妮到底发现了些什么。她犹豫不决,到底要不要告诉他呢?她不想让他知道自己不同寻常的法力。她把这个秘密藏了太久,错过了告诉他的时机。

"我并不认为他离开了英国。"她柔声说,"如果我的猜测正确,我很想知道这是出于什么原因。你知道他逃跑的地方离海军基地很近吗?我想即便是他,也不会冒险从军队附近穿越海峡。万一他想要混迹在普通人中隐匿行踪呢？万一他在准备大逃亡的时候，伤害了普通人的性命呢？万一有什么更糟糕的事情发生呢？"

艾默里走进房间，从鼻腔里长长地呼出一口气。他用力握紧西奥妮的肩，"今天我给艾尔弗雷德发电报了，但他也没有太多可以分享的情报。我会再跟他联络，让他一有新消息，立马通知我。"他建议道，"这样够了吗？"

够了吗？西奥妮并不知道。"只要他别再把你卷进这些事里去。"她回答说。

"也别把你卷进去。"艾默里加上一句。他握肩的手和他的语气都放松了，"答应我，你不会再企图追踪这个男人。"

西奥妮皱皱眉，"如果你发誓，我就发誓。"

艾默里的唇边眼角终于露出了些许笑意，"我发誓。"

"我也发誓。"

他蜻蜓点水般地亲了一下她的嘴。"找点儿晚餐来吃吧。"他说，"还有收拾收拾你的行李。明天早上我就把你介绍给魔法师普利特维恩·贝利。"

第二天早上，西奥妮因为紧张起了个大早。她不慌不忙地做着准备，一边穿衣服、盘头发，一边哼着摇篮曲让自己冷静下来。她从衣柜里选了一件玫瑰红的裙子——她在做学徒期间，买了好几件好衣裳，接着召唤犟头帮她系纽扣。虽然天气很暖和，她还是在脖子上系了一条淡红色的丝巾。穿了一件和裙子很配的深橄榄色的外套，将搭配好的帽子放在床上。然后她下楼吃早餐，一个水煮蛋——除了它，她吃不下其他东西了。

今天，是最后阶段的起始。当她敲碎寒碜早餐中的蛋壳时，她这么想。和普利特——不对，是魔法师贝利，待上几周，我就可以参加魔法师资格考试，成为一名魔法师了。

艾默里用手背掩着嘴，打着呵欠，走进了厨房。

西奥妮将勺子挖进蛋白。我不再是艾默里的学徒了。不再有秘密，不再有闲言碎语，也不用再等待。

她吃了一口鸡蛋，一边忍不住偷笑。口中的鸡蛋没什么味道。除非我没考过。

她可以之后再考。但是西奥妮觉得，考试失败的耻辱感将会比失败本身更为沉重。

"我应该觉得嫉妒吗？"艾默里问道，从橱柜中拿出了半条面包。那是西奥妮两天前做的香草芝士面包。

西奥妮从鸡蛋上抬起眼来，"嗯？"

"自从派翠丝的午餐会结束之后，我就没见你穿成这样了。你一定会给魔法师贝利留下一个深刻的印象。"

西奥妮翻了个白眼，"我只是想给他一个好印象。"

艾默里一边笑，一边在两片面包上涂黄油，"汽车很快就到了。你的箱子收拾好了吗？"

"这么急着甩掉我？"

"急？"他重复道，卷起了最爱的靛蓝色外套的衣袖，"不到两天，我的厨房就会变得空空荡荡，然后我将不得已自己去买日用品。我怎么可能急着做这些事？"

西奥妮又挖出一勺鸡蛋，笑道："你可以每天让犟头做饭啊。"

事实上，艾默里曾真的试过让犟头为他做饭。然后，这位纸魔法师花了两天的时间为纸骷髅重做右手和右臂。在犟头想要点燃烤箱里的炭火时，他的右手和右臂都被烧掉了。

"我一定会置办好一堆三明治的。"艾默里悄悄地说。

"所以你想念的只有吃的咯，嗯？"

他的眼睛闪闪发亮，"我或许还会想念有人在午夜时分的陪伴。"西奥妮脸红了，"艾默里·塞恩！"她只和他一起待过一次。

艾默里却只是咯咯笑着，这个该死的男人。西奥妮将剩下的蛋壳剥掉，问道："你最后一次见魔法师贝利是什么时候？"

"见他？"艾默里在吃东西的间隙，重复了一遍，"我想大概是在那次筹募资金的宴会上吧。就是那次，某个暴脾气的年轻女服务生将一壶酒泼在了一位客人的大腿上。"他笑道，"至于跟他说话……应该是我从普拉夫毕业的时候。除非你要算上最近的电报和信鸟。"

"所以你们真的是互相看不惯。"

"是他不喜欢我。"艾默里纠正，"而我又不能怪他。更何况他也不算是什么了不起的人物。"

"艾默里！"

纸魔法师露出一个笑容，明亮的绿色眼睛中透露出的神色，仿佛是他知道一些西奥妮还不曾知晓的事情。西奥妮叹了口气。她会很想念这双眼睛的。但从今天算起，再有三周，她就要考试了。她已经等了这么久，再等三个星期不算什么。

汽车到了。一只紫色的纸蝴蝶停在司机的座位旁，右边翅膀上是艾默里的字迹，写的是农舍地址。艾默里将西奥妮的行李放进车子后备厢，然后坐到她身旁。汽车掉了个头，向伦敦市驶去。

"放松。"上路几分钟后，艾默里悄悄地说。他将一只手放在西奥妮的手上。她用拇指和中指捻着裙褶，"你没问题的。"

"我能通过你的测试吗？"她低声反问，"如果是你考我，我能通过吗？"

"考试都是一样的，是有特定规则的。"

"也许答案都是一样的。"西奥妮开口，"但并不意味着考试的形式是一样的。"

艾默里"嗯"了一声，表示同意。他没再说什么，只是用自己的手握住了西奥妮的手。她感到了他皮肤传来的温度，手臂因为紧张而轻轻地颤抖起来。

汽车穿过伦敦，开上了纽因顿① 旁一条好像是马道的路。当汽车经过泰晤士河时，西奥妮将全部注意力放到了自己的裙褶上。他

_____

① 伦敦北部地名。

们从议会广场经过，离开主城区，向西驶向谢菲德灌木区 ①。魔法师贝利就住在那儿。

谢菲德灌木区一派田园风光，居住区和农田间杂在一起。西奥妮看着房子从车窗前掠过，每往前走一英里，房子的院落便大上一分，围墙便高上一寸。很快，她看到的房子就比农舍大了，接着比魔法师阿维斯基的房子大，然后更大。房子间的距离也越来越远，街道越来越窄。

她看了一眼艾默里，但看起来他和她一样好奇。他肯定从未来过魔法师贝利的家。

又走了几英里，车子来到了一条长长的土路尽头，土路中间生长着一丛野草。然后汽车绕了一个大大的圈子，停在了一道灌木墙旁。茂盛的灌木丛被修剪得整整齐齐，被当作了篱笆来用。灌木墙中坐落着一栋看起来比磨坊都要大的房子。整齐的庭院中没有花，只有形状各异、大小不一的装饰性灌木。

西奥妮走下汽车，动作不由得慢下来，目瞪口呆。房子比农舍大上十几倍，搭建它的砖在阳光下是砂岩的颜色，在阴影里则是淡紫色的。三只烟囱从严丝合缝的瓦屋顶拔起，每一扇窗户都有三块镶着白色边框的玻璃窗格。常春藤覆盖了半个屋子，其中包括屋子左侧的一小块区域，那儿像是佣人的住处，不过看起来没人居住。

西奥妮站在这座房子前，就如同一只蚂蚁站在大本钟前。她曾

---

① 伦敦西部地区名。

觉得魔法师阿维斯基的房子已经非常大了。但是这座宅邸，就算她所有的家人，把表亲也算在内都住进去，也不可能住得满。

然而，最显眼的区别还是这里没有纸张的痕迹。艾默里的家靠纸结界掩护，用纸做装饰，连花园中都栽种着纸做的植物。但这栋房子没有丝毫魔法的痕迹。它看起来虽然奢华，但是也极其普通。

她瞥了一眼艾默里，"不可能是这地方吧。"

"哦，我觉得应该是。"他评价道，一面绕到汽车后备厢去取西奥妮的箱子，"教科书产业看起来发展得很好嘛。"

"教科书？"

"我是这么听说的，那是普利特的专利。施了咒的教科书会根据学生的阅读水平，自动生成内容，图表会从书页上跳出来，诸如此类的。在美国非常流行。你在普拉夫的时候没用过这样的书？"

她皱起眉头，"没用过，但这也没什么可吃惊的吧？如果我的赞助者给我提供过这些书，我可能不会对折术一点儿兴趣都没有。"艾默里笑了。

西奥妮扫视着灌木丛，终于在左手边几步路外找到了一扇拱门。她走向门，然后转过身问艾默里，"我们……就这么进去？"

艾默里正要回答，就看见了灌木丛后面的情况，转而说："看起来有人来帮忙了。"

西奥妮踮起脚尖，跟着他的视线看去。她看到了一条通往房子主门的石子路，还有一缕如金色阳光般耀眼的头发在围墙后上下起伏。那种发色让西奥妮想起了黛丽拉。过了一会儿，门锁打开了，一个跟西奥妮差不多大的男人走了出来。

虽然已经过去了两年，西奥妮还是立即认出了他。"本尼特·库伯？"她问道。他和西奥妮一起从塔吉斯·普拉夫魔法学校毕业，是班上的第三名。西奥妮是第一。

本尼特害羞地笑了笑。阳光在他柔顺的、金灿灿的头发上闪耀着。他穿着一条样式简单的棕褐色长裤、一件同样简约的有领无包白衬衫，系着一条红色的学徒围裙。

西奥妮在想自己是否也应该穿上围裙。"你好，西奥妮。"他说。接着，他像是士兵一样挺直了身子，加上一句："魔法师塞恩，终于有幸见到了您。"

本尼特向前大跨了几步，朝离他只有几英寸远的纸魔法师伸出手。两人站在一起时，看得出来艾默里稍高一些。艾默里眼里闪烁着被逗乐了的神色，伸出手来和他握手。本尼特继续道："我听说了很多关于您的事迹。"

"所以你的手还不松开？"艾默里问道，"你妈妈真是把你教得很听话。"

本尼特眨了眨大眼睛，"先生？"

艾默里拍拍本尼特的肩，悠闲地走向大门，"我敢肯定，在过去的几天里，贝利肯定经常说起我……啊，他现在过来了。"

本尼特朝西奥妮那边看去，吹毛求疵地整理了下胳膊肘处的衬衫，然后快步走向大门。他将门推开，扶好。几秒钟后，一个高个儿男人出现了。

虽然经过了十五年的时间，普利特维恩·贝利成熟了不少，西奥妮还是回想起了艾默里中学时代的经历，认出了他。他身材瘦削，站得笔直，穿着跟本尼特同样简单，但那衣服材质上乘、剪裁精良。他那白皮肤似乎是从未见过日光，乌黑的头发衬得面色更为苍白寡淡。他瘦长的脸颊上没有一丝绒毛，鼻梁上架着一副金边眼镜。

看到他的样子时，西奥妮最吃惊的，还是在他脸上看不见半分笑意，也没有任何善意。

"塞恩。"他将手背在身后说，这表示他并不想握手，"你看起来一点儿没变。"

"我尽力试过了。"艾默里回答说。他的唇角弯了弯，好像是要露出个笑容。不过普利特维恩的心情看上去更糟了。

本尼特清了清嗓子，"魔法师贝利，这是西奥妮·特维尔，魔法师塞恩的学徒。"

"我知道她是谁。"魔法师贝利说，虽然他的回答很是冷淡，但西奥妮在他的语气中也没有听出直接的恶意。这样挺好，通过打交道，她觉得这个男人并没有什么理由对她怀抱疑虑。魔法师贝利调整了一下自己的眼镜，低头看着西奥妮，"我希望你是做好了准备来的。如果你没练习够，我并不打算允许你考试延期。"

西奥妮想要撇嘴，但生生忍住了，"我向您保证，已经准备好了。"

艾默里说:"特维尔小姐今晚就可以接受并通过考试。我对她的能力很有信心。"

"嗯。"魔法师贝利说,"正是因为这种信心,所以你把她扔给了我,是吗?"

"我保证,你可以教给她一些被我忽略了的东西。这些东西就在你这栋宏伟房子的某个角落。如果你不介意的话,我很想知道这房子的音效如何?"

魔法师贝利的脸皱了起来,像是尝到了一个坏柠檬。本尼特又开始摆弄他的袖肘。

"我保证音效一定相当不错。"西奥妮转向艾默里,去拿她的箱子。她警告地看了他一眼,但他装作没看见。

"哦,这个,让我来吧。"在西奥妮拿回箱子前,本尼特赶忙接过它。

"好吧。"艾默里打破了他和另一名折匠之间延续了好一阵子的沉默,"我想我该回去了。特维尔小姐,你的折艺已经相当熟练。等下次我再见到你的时候,你肯定已经成为一名折匠了。"

西奥妮听到这句话顿住了,迎向他的目光,在想他是否注意到了自己的惊愕。*我希望不用这么久就能见到你*,她想,迫切地想要他读懂她的心声。他琢磨不透地朝她一笑。

"她也许能。"魔法师贝利附和了一句。然而他的话听起来,与其说是附和艾默里，不如说是在强调"也许"。有可能是西奥妮想多了。

她想跟艾默里道别，拥抱他，亲吻他下巴的棱角，但肯定不能在两个旁观者面前做这些。如果算上汽车司机，将会有三个见证者，已经完成了一半苦差事的司机仍旧坐在汽车里。

艾默里朝另一位纸魔法师和本尼特点头致意，然后才对西奥妮笑着说："祝你好运。你知道怎么联系我，如果有需要的话。"

西奥妮点点头。当艾默里转身离开的时候，她感到在他们之间，仿佛有一条看不见的橡胶带，将他们相连。

"魔法师塞恩，日安！"本尼特在他的身后喊道。艾默里在坐进汽车之前，也礼貌地挥了挥手。司机将还未熄灭的香烟从窗户扔出去，掉头开上了来路。

汽车越开越远，西奥妮眉头紧锁。突然之间，三周变得无比漫长。

"本尼特，捡起那个。"魔法师贝利说道。还提着箱子的本尼特赶紧走到被扔掉的香烟前，用鞋跟踩灭它，接着捡起来放进围裙口袋。

魔法师贝利一句话不说地转身穿过大门，走进房子。西奥妮犹豫着，不知该不该跟上。还好本尼特重新出现在她身边，指了指石子路，"走这边，西奥妮——能这么叫你吗？"

"这就是我的名字啊。"西奥妮放松下来说，"你在普拉夫的时候就这么叫我的。更何况，我现在都还不是魔法师。"

本尼特笑了。"显然，我也不是。"他再次清了清嗓子，"嗯，这是房子的正面。看到那扇窗户了吗？那是你的房间，在第三层楼的角落。如果你不拉上百叶窗，晌午过后房间会被晒得很暖。"

西奥妮点点头，走进了房子的庭院。现在，跟她在灌木丛外围看到的相比，整栋房子似乎更大了。"令人……惊叹。"她评价道。

"是吗？"本尼特问道，"等你丢了什么东西的时候就不觉得开心了。在这个地方找东西，极其痛苦。"

"只有你和魔法师贝利住在这里吗？"

他点了点头，"一个帮佣一周会来三次，看你算不算上这人了。"

"宠物呢？"

"没有……魔法师贝利不喜欢动物。"他回答说，抬头看向他的导师。他已经快步走到了前门门口。这位折匠没等任何一位学徒，直接走进了房子。

"他有些冷淡。"西奥妮说。

与此同时，本尼特也问道："魔法师塞恩养宠物吗？"

"他对宠物过敏，但我有一只纸狗。"她笑道，"它叫'茴香'。事实上，它被叠了起来，现在就在那个箱子里。"

"哦，真有趣！但我猜，箱子里面应该没有比兹吧。"他指的是西奥妮在塔吉斯·普拉夫魔法学校的宿舍里养的杰克罗素犬。

"没有比兹。它现在跟我的家人在一起。"

"我保证'茴香'也会受到热情款待。只是,"他顿了顿,"让它离魔法师贝利远点儿。只是以防万一。我的意思是,魔法师贝利人很好,但也要让'茴香'注意安全。"

他们到了门口,本尼特为西奥妮打开门。迎面迎接他们的是一条宽敞的玄关,玄关两侧的墙壁被粉刷成白色,脚下是深色的橡木地板。一张由酒红色和深蓝色织成的极具东方风情的地毯覆盖住大部分的地板。在前厅尽头,坐落着带有白色护栏的螺旋形楼梯。前厅左侧同一间宽敞的客厅相接。客厅中安放着一个躺卧沙发和一台钢琴。屋子正中,水晶质地的桌子上方悬挂着高达五层的水晶枝形吊灯。桌子的托盘上则是一套未用的茶杯。这里看起来,跟艾默里的前厅根本是两个极端。单看表面,那地方要不就乱七八糟,要不然就只是炫耀似的放着一两样东西,比如说花瓶或音乐盒。这里看起来简直完美无瑕。

前厅的右侧则连着一间稍微小一点儿的房间。房间里有一张桌子,配着四张椅子,还有一个大理石做的壁炉,可看起来也不像是用餐的地方。或许是专门用来吃小点心的?西奥妮不知道在这般大的屋子里,到底会设置哪些功能的房间,尤其是在这屋子还只有两人住的情况下。

她收回自己的目光,不想让人觉得自己直勾勾地盯着看。"所以你选择了和纸签订契约?"

本尼特发出一阵奇怪的轻笑声,"也不完全是这样。我是被魔法师阿维斯基分配来的，她并没有给我商量的余地。"

"她也没有给我。"西奥妮表示同意。在得知有人跟自己有相同经历后，本尼特看起来挺开心的。

她本想加上一句，但我很高兴有这样的结果，但本尼特打断了她的思路，"好吧，我从这里开始跟你介绍房子。从这里走过去，是在闲暇时使用的书房，这里是客人的洗手间，然后是魔法师贝利的办公室，但除非他发出邀请，否则别往里走。如果办公室门是锁着的，不要敲门。他在工作的时候，不喜欢被打扰。"

"什么样的工作呢？"西奥妮问道，接着又问，"魔法师贝利在哪儿呢？"难道不应该是他领着她参观房间？

"嗯，"本尼特一边说，一边巡视着旋梯上下的走廊，"我想他应该在办公室。在你来之前，他就在里面。他正在准备你的考试，有一些考试用的材料需要事先准备。但他不会告诉我是什么的。"

这也说得通，西奥妮缓缓点头。然而，现在她发现普利特维恩·贝利的避世使得艾默里看上去像是社交名流。

"这里，"本尼特指向左侧，"是厨房、休闲餐吧和正式宴会餐厅。你可以通过桌子的大小和照明情况区别它们。宴会餐厅里有颜色不断变化的玻璃，桌子也更长。"

"哦。"西奥妮回复。颜色不断变化的玻璃？那是一个她还不知道的咒术。她得仔细看看，学会如何施展这个咒术。如果能在玛歌——她最小的妹妹的房间中安上这个，玛歌一定会非常开心！"厨师会在一个小时内到。"他加上一句，"走上楼梯……"

"厨师？"西奥妮问。

"哦，是的，女士。"本尼特回答。他笑起来，用空着的手将头发从前额捋开。他的确是一个非常英俊的男人。"魔法师贝利有一个厨子，每个工作日都来。等到了周末，我们就得自食其力了。"

"我可以做饭。"当本尼特朝旋梯口走去的时候，她建议道，"我不介意。事实上我很享受做饭。"

"真的？"本尼特问道。他从头到脚将西奥妮打量了一遍，"要不，等这周末？魔法师贝利不会解雇他的厨师的……更何况，我很肯定你将非常忙，要为考试做准备之类的事情。"

西奥妮点头。

"走上楼梯就能看到阳光房，从这儿过去就是温室。不过，我种的还在茁壮生长的植物已经不多了。至于魔法师贝利，他有一阵子什么都没栽了。这事太花时间了。还有那儿，"他用提着箱子的那只手指了指房子深处的一个角落，"那儿是储藏室，还有连接着佣人房的走廊，不过都没人在用。"

西奥妮试着将房子的平面图刻画在脑海中，虽然最后一部分比较难，因为她没有亲眼看见房间的样子。房子实在是太大了，她怀疑，就算以自己的快速记忆能力，也无法全盘记住它的布局。

本尼特继续带着她参观第二层和第三层，向她展示了音乐房、技术书房（他学习所用的材料，以及两张巨大的地图都在这间房子里）、一些客房、他的卧室、一间绘画房、纪念品陈列室、露天平台，还有专门用来学习的书房。参观还在继续，他又给她介绍了另一间绘画室、两间"更衣室"、一间堆放魔法手工制品的材料室、一间私人会客室、一间专为学徒准备的书房，还有一系列大小不一的盥洗室。西奥妮的卧室外面就有一间小盥洗室。就算这房子毫不实用的宽阔没有让她目瞪口呆，自己拥有一间盥洗室这件事也足以使她惊讶不已。即使是在塔吉斯·普拉夫魔法学校的时候，她也没有享受过这种待遇。

本尼特打开她房间的门，午后的阳光已经将房间烤得暖烘烘的。一条灰白色的长毯笔挺地铺展在深色橡木地板上。脚踩上地毯，木地板嘎吱作响。在房间中央，有一张铺着玫红色毛毯的大床，床头抵在两扇朝西的窗户之间的墙上。角落里，有一张精美的玻璃桌和两把白色椅子，那是为私人早餐准备的。带卧室门的这面墙旁边，放着一个大衣柜。转过衣柜旁的墙角，则是一个大梳妆台。

这栋房子中，西奥妮的卧室属于较小的，但已经至少是她在农舍中的卧室的二点五倍。

农舍。西奥妮已经开始怀念它了。

本尼特将她的箱子放在其中的一张椅子上，"你先收拾一下，晚饭的时候我会叫你下来，除非你想在自己的房间中单独用餐。"

"不用，不用，我下来吃。"在这么大的空间中，她感到有些孤单。

"你喜欢这间房子吗？我也可以给你换一间。"本尼特向她解释，

"今天早上我才打扫过房间，床单都是干净的。房间里会不会太热？噢，我忘记给你拿水罐和水盆了。"

西奥妮笑着说："已经非常好了。而且盥洗室就在右手边，我并不需要水罐。"她接着道，"谢谢你。除了我刚到陌生的地方，需要适应，没有任何问题。"

本尼特点点头，看起来很高兴，"好的，我的窗户就在你窗户的下面，如果你有什么需要，可以用纸给我传消息。"

"好极了。"西奥妮说。

本尼特犹豫了一会儿，接着朝她点点头，离开了。西奥妮开始挂衣服，整理个人用品，直到晚饭才结束。魔法师贝利将晚饭端回了他的办公室。晚饭后，西奥妮将她的学习材料放进梳妆台的抽屉里。明天，她就可以使用学徒书房中的桌子。她转动着藏在衬衣下、挂在脖子上的符咒项链，然后重新激活了"茴香"。"茴香"用尽了浑身的纸力气，使劲嗅着周围的新环境。

西奥妮长叹一声，躺倒在床垫上。床垫柔软得令她吃惊。太阳才刚刚开始落山，或许她可以早早睡觉，神采奕奕地迎接明天。她真的有太多事情要做了。

最右侧的窗户处传来的微弱敲击声引起了她的注意。她拉起窗帘，发现一只绿松石色的纸蝴蝶在玻璃窗外徘徊。是本尼特发来的消息？

她试了好几次，才抬起很久没人使用的窗玻璃。玻璃窗刚开，蝴蝶便飞进来，优雅地落在玻璃桌上。

"停止。"她命令道。蝴蝶的翅膀静止不动了。她拿起它来看了看，然后展开它，立即认出了隐藏在蝴蝶身体下的笔迹。不是本尼特送来的蝴蝶。

是艾默里。

第八章

西奥妮小心地展开蝴蝶剩下的部分。这条消息是用钢笔写上去的——用的是艾默里放在床头的那支黄铜色调的钢笔。她一见那优美得毫无瑕疵的笔画,还没等大脑反应过来上面说了些什么,就忍不住先笑起来。

希望你找对了自己的房间,而不是走进了女仆的住处。这世上再没有什么比果酱和冷面包更能让男人赏识女人了。

西奥妮放下蝴蝶,从她的包里抽出几张纸。她打包的时候放了一摞纸进去,一个聪明的折匠应该随身携带自己的物资。她在一张正方形的白纸中间写上她的回答。

如果你雇一个厨师,就不会这么孤苦无依。普利特就有一个!

我得写封信给魔法师阿维斯基,感谢她将我分配给你而不是他。真不知道本尼特怎么能绷紧上唇①,和他一起工作这么久。

她犹豫着,思考自己是不是该注意称谓。然后耸耸肩,将正方形纸片折成一只纸鹤,在其腹部塞了一枚法新以增加它的重量,免得它被晚风吹跑。接着,她又用艾默里寄来的纸蝴蝶的一部分折了纸链咒。因为纸鹤很小,所以她只折了一节链环。

"锁住。"她命令。锁链紧紧缠住纸鹤的身体,但没有束缚它的翅膀。这个魔咒的用处在于,只有在纸链上写过字的人,才能打开这只纸鹤。其他人如果想要尝试展开它,就会毁了它。

西奥妮将指令传达给纸鹤,将它送出窗外,看它在最后一缕日光中渐飞渐远。

"茴香"在她的脚踝边呜呜叫着。被忽略了大半天之后,它不出所料地开始抱怨。如果没别的事可做,当西奥妮等待她的纸符飞越伦敦时,它可以带来不少乐子。

这栋房子大部分的客房中都没有安装电灯。西奥妮多点了几根蜡烛,将一双打成结的长袜扔来扔去,让狗去捡回来,就这么玩了一会儿。然后她溜进盥洗室,洗脸换睡衣。虽然她没打算离开房间,但还是裹了一件长袍在身上。在陌生的地方,为了防范窥视者汤姆②,再怎么小心也不为过。

---

①"绷紧上唇"是英国人自维多利亚时期开始提倡的一种性格,其含义包括冷静、克制、严肃、感情不外露等。魔法师贝利就是这种性格的典型。

②英国传说,因偷看奇黛娃裸体骑马而瞎了眼。泛指偷窥狂。

"茴香"嗅着她，在它那靠魔法实现的呼吸声的间歇中，西奥妮意识到这栋大宅到底有多么沉寂。如果有人在两层楼下的厨房中掉了一把叉子，她都能听见。

她搓着胳膊，想抖落浮起的鸡皮疙瘩。由于本尼特的房间就在她的房间之下，他能听见她的地板嘎吱作响。

时间一秒一秒地过去，西奥妮的眼皮越来越沉。这时，一只灰蝴蝶从翕开的窗户飞了进来，再次优雅地落在早餐餐桌上。艾默里也像她对纸鹤做的那样，在这只纸符身上绑了一节保护隐私的链环。不过，虽然折纸的技艺是相同的，他的链环还是比她的更为精致。

她展开蝴蝶，读道：

你如果继续这么耐心，我会做得更好。西奥妮，别让他将你的考试延期。你已经准备好了。我对你信心满满。

还有，我希望你不要过多地关注年轻的本尼特的嘴唇。

她又读了一遍消息，露出甜蜜的笑容。艾默里划掉了"年轻的"几个字，她用拇指摩挲着那道黄铜色的修改痕迹。

西奥妮离开餐桌，从抽屉中找出粉色的唇膏，仔细地涂抹在嘴上，然后将唇印印在另一张正方形纸的中间。

她在纸上写"只关注你的"，然后折好纸鹤，低声命令："呼吸。"

魔法师贝利雇用的厨师似乎并不负责早餐,所以第二天一大早,西奥妮亲自来到厨房。当然,这儿的厨房也非常宽敞,有两个烤箱、三台魔法冰箱、一处带高脚凳的吧台、一个酒柜,还有一张款式简单的长桌一直延伸到厨房尽头。橱柜和木头地板的颜色搭配得当,厨房的工作台上除了正常的水池之外,还有一个专门用来做准备工作的水池。

当本尼特顶着一头刚洗过的湿发,握着报纸走进厨房时,西奥妮刚开始煮鸡蛋和搅拌荷兰酸辣酱。"看来你很适应嘛。"他一边说,一边用手指背面掩住打呵欠的嘴。他拉开一把高脚凳坐下,展开社会新闻那一版,"你在,嗯,做什么?"

西奥妮举起一颗鸡蛋,"你想来点儿吗?"

本尼特长舒一口气,肩膀垮下来,"是的,谢谢你。我饿死了,而且我非常喜欢荷兰辣酱。"

艾默里也是,西奥妮差点儿脱口而出,但她很快就将这句评价吞进了肚子里。她转口说:"我会尽量不把它煮过头的。要为魔法师贝利也做点儿吗?"

"魔法师贝利已经吃过了。"从厅堂传来第三个声音。普利特维恩·贝利走进厨房。他已经穿戴整齐,仍旧和昨天一样苍白,右手中是一张卷成卷轴的纸。他的语气听起来有些不满。

"早上好。"西奥妮打招呼,表现得心情愉悦。她需要给这位折匠留下一个好印象,虽然他好像并不在乎给她留下的是什么样的印象。"很抱歉,我该起得更早才是。"

魔法师贝利嘲讽道:"怎么,塞恩将你当作一个佣人吗?帮他做饭、擦窗子、叠衣服?"

为了忍住到了嘴边的驳斥,西奥妮差点儿把舌头给吞下去。然而,出乎她的意料,脸上淡淡的红晕出卖了她——她真的为艾默里做了这些事。但这并不代表她就是个女佣。

"我只是想显得友好些。"她说,声音听起来足够甜美。

"嗯。"魔法师贝利回答道。他将卷起来的纸放在炉子旁边,"特维尔小姐,我这个人从不浪费时间。在我监考你的资格考试之前,你需要完成这张清单上的所有项目。"

西奥妮只好暂停搅拌酱汁——这是相当有风险的一件事,然后打开卷轴。她倒抽一口凉气。"这上面有五六十件物品!"她叫道,然后开始阅读奇怪的要求。1. 用来开门的东西。2. 能呼吸的东西。14. 掩藏真相的东西。

"准确地说,五十八件。"魔法师贝利说,他的脸跟他瘦骨嶙峋的身材一样僵硬,"这是必须达到的标准。我建议你,一旦表达完了你的……善意,立马开始制作。"

西奥妮放下清单,趁着荷兰酸辣酱还没有粘锅,重新开始搅拌,"我需要为每一个编号折一样东西?"

"特维尔小姐,这是一个针对折匠的考试。"魔法师贝利扬起眉毛,接着对本尼特说,"从第 15 章到第 21 章的学习报告要在中午之前交给我。"

本尼特说:"我会按时交给您的。"

"一点钟要上课。"

"我知道。"

魔法师贝利点点头,离开了厨房,没有多给西奥妮一秒。

西奥妮嘟囔了两句,将炖锅从炉子上拿起来。难以忍受! 难怪艾默里在学校的时候欺负他,我都不想责怪艾默里了。

"做好了吗?"本尼特兴奋地问。还好魔法师贝利的尖刻并没有影响他的学徒的好心情。

当西奥妮将注意力从酱汁上移开,她扫到了本尼特的报纸左下角的一篇文章的标题:《魔法内阁禁止异性师生关系》。

"我……"她拖长了声音说道,偏过脑袋想要阅读报纸上的内容,但是字实在太小。"酱汁差不多好了。"她说,"我能借报纸看看吗?"

"嗯,当然。"

西奥妮放下炖锅,接过想要看的那张报纸,浏览了一遍文章,目光停留在了这一段上:

"(禁止这种搭配的)一部分原因是为了更加合乎礼仪。"魔法师朗声明,"我们接到了很多有关异性师徒一起工作的投诉,其中有来自学徒的,来自魔法师的,甚至是来自他们的家人的。当这项规定得到通过——我相信它一定会的——现有的异性师徒将被分开,并重新分配。在今天的英国,在各种丑闻爆发之前,这一措施必须得到贯彻。"

一些投诉? 西奥妮沉思道。肯定不是关于她和艾默里的。肯定不是。知道他们的事情的人少之又少。魔法师阿维斯基肯定不会说出他们的事情, 对吧? 西奥妮知道她妈妈也绝不会吐露一个字。她好像挺能接受自己的女儿跟魔法师之间的罗曼史。

她想起吉娜, 心沉了下去。显然, 吉娜没渠道向魔法内阁投诉……更何况, 难道只凭一条投诉, 内阁就会重新制定规矩了吗? 西奥妮必须将自己的妹妹往好处想, 不然就会被各种各样的可能性搞得神经兮兮的。至少, 西奥妮可以这样安慰自己: 吉娜太懒了, 不会去写投诉报告的。

这种感觉真是太奇怪了。她和吉娜从未像这样别扭过。

"你在看什么?" 本尼特问。

重新分配。西奥妮蹙眉。如果没能在三周之后通过魔法师资格考试, 她或许不能继续在艾默里手下学习。甚至她有可能得离开伦敦。西奥妮只知道一位女折匠, 而且有传言说她搬到美国去了。

"西奥妮?"

"哦, 抱歉。"她将报纸还回去, 顺便递给本尼特一个盘子, 让他自己取用早餐。本尼特仔细查看报纸, 或许是想找出吸引了西奥妮注意力的文章。为了避免跟本尼特聊天, 西奥妮开始检查魔法师贝利给她的清单。在看过五十八件物件之后, 她重新看向第一样东西: **用来开门的东西。**

开门？她思索着。用来开门的纸魔咒？但谁会为转动门把手而专门制作一个纸咒？这件事就算不用魔法也可以轻易做到。

我必须得通过考试，她暗暗责备自己。通不过考试，要付出的代价更高了。

她用清单的一角有一搭没一搭地敲着自己的嘴唇。犟头能开门。虽然她现在没时间制作一个纸管家，但这想法给了她一个新主意。

2. 能呼吸的东西。赋生咒就可以。这个她闭着眼睛也能完成。

3. 讲述故事的东西。幻象故事。

4. 沾粘的东西。

"沾粘？"她重复了一遍。指的是有黏性的东西，还是说要用它来粘其他东西？星状飞镖也许能满足这项要求……但最好还是多提出几种答案。多做准备总好过措手不及。她有种感觉，魔法师贝利是不会给她指明方向的。

"嗯？"本尼特吞下满嘴的鸡蛋，问道。他看了一眼她的清单，"我并不知道这上面说的是什么。"

西奥妮咬咬嘴唇，卷起清单，装进裙子口袋中，"我猜，我将会在这里度过一段非常非常忙碌的时光。"

她又看向报纸，艾默里是否也看到了这篇文章呢？

西奥妮坐在学徒书房角落里的带衬垫的椅子上。魔法师贝利在给本尼特上第二堂折术课。这间书房跟艾默里的图书室差不多大，意味着这是这栋巨大的房子中较小的房间。房间中有一个低矮的书柜，大概装了有半柜子的书。一座窄架子上堆满了家庭作业和笔记本。东墙旁边，有六张桌子——远远超过了需要，排成一排。一扇巨大的多窗格的窗户占据了整面北墙。西墙处则是一个个的小格间，堆放着不同大小、不同厚度的各色纸张。天花板上吊着两盏样式简单的枝形吊灯，每一盏的玻璃灯泡中都燃着被火匠施了咒的火苗，跟伦敦市中心的街灯非常相似。当房间变暗的时候，吊灯就会亮起，并不需要替换灯玻璃和灯芯。但火匠必须一年来两次，更新火苗。这是西奥妮从火魔法的阅读材料中得知的。

然而她的注意力并没有放在灯上，而是集中在任务清单的第十四项上：**掩藏真相的东西**。百叶匣子能够完美地胜任这项任务，除非魔法师贝利希望她对预见之盒施展撤销咒。不过，完成这任务可不需要太多准备。西奥妮只要在预言家使用预见之盒的时候，下达"展开"指令就行。但她觉得考试不会如此简单。

"胡乱撕扯将会毁了纸张。"魔法师贝利坐在樱桃木桌子的一侧，对另一侧的本尼特说道。他俩都端坐着，背挺得笔直。在西奥妮的眼中，这节"碎纸咒"课，未免太过正式。

"仔细看。"他拿着一张没用过的纸说道。真是浪费。

"碎。"魔法师贝利下令，纸张裂成了十几张形状各异的碎片。本尼特将碎片整齐地理成一堆，堆在桌面上。他刚做完这事儿，魔法师贝利就接着说："这个咒语适用于大小不同的纸张，如果纸符咒有效……"

西奥妮用手指缠起一缕头发。**53. 逃跑的方法**。艾默里的滑翔机立马浮现在她的脑海——她能将这么大的东西带到考场去吗？她倒是没想出不能的理由，但有种感觉，这张清单上列出的符咒应该都是可以随身携带并在考试时就能施展的。能搭载她的滑翔机太大了，难以转运，而且她还要担心它在转运的路上被损坏。除非她乘坐着它到考场……

隐身纸屑，她考虑着。一种魔术店魔术师喜欢从折匠手上购买的纸咒。播撒在空中的纸屑能让人实现短程的瞬间移动，但无法使人穿过墙面。她第一次见到这个魔咒是在比利时，艾默里用它躲开了格拉斯。也许这个魔咒能行。

不能使用借镜跃迁术，真是太遗憾了。西奥妮心想。她用手指抚摸着藏在衬衫衣领下的符咒项链。

"特维尔小姐。"

魔法师贝利突然叫她的名字，将她从自己的思绪中惊醒。她抬起头，放下摸着符咒项链的手。

折匠皱起眉头，"你没有带笔记本吗？"

她眨眨眼，"笔记本？"

"用来记笔记。"

西奥妮向本尼特投去目光。他挠挠后脑勺，避开了视线接触，"这堂课的笔记？"

魔法师贝利叹了口气，"是的，特维尔小姐。"

"我会'碎纸'咒，魔法师贝利。"西奥妮说。

"难道复习一遍对你的魔法师资格考试没帮助吗？"

西奥妮感到胸中一口闷气，肋骨仿佛变成了毒蛇，正准备攻击某人。听到折匠的诘问后，她的眉毛明显地倒竖了起来。她竭尽全力地使眉毛平复下来，"我……觉得没什么帮助。我对这个魔咒已经非常熟悉了，成功地使用过许多次。做笔记……太多余了。"

"那我今天会教的其他魔咒呢？明天会教的呢？嗯？"魔法师贝利问，他的脸拉得更长，嘴角似乎都撇到了下巴上，"你是不是觉得自己经验丰富，已经无法从这些魔咒上得到收获了呢？"

或许是因为生气，一抹红霞就快要染上西奥妮的脸颊，"我并不想失礼。"

"回答我的问题。"

"魔法师贝利……"本尼特小声说。然而即使折匠听到了他在喊他的名字，他也直接忽略掉了。

西奥妮尽可能地坐直了身子，"如果我对自己已经掌握了足够的折艺知识这一点没有信心，我不会开始准备接受魔法师资格考试。是的，我并不认为自己需要笔记本。但如果您教了魔法师塞恩在他的课堂上没提到的东西，我保证会专注地听讲。"

魔法师贝利嗤之以鼻，"如果魔法师塞恩认为他可以在两年之内教会你有关折纸的所有知识，他就太天真了。"

这一次，西奥妮的脸是真的憋红了。"那么，魔法师贝利，这件事您就需要和魔法内阁讨论了。"她回答，一字一句都像是从牙缝中挤出来的，"学徒经过两年的学习，就可以参加魔法师资格考试，是教育委员会制定的规则。我想派翠丝·阿维斯基肯定很乐意听您讲讲，委员会在哪里犯了错误。"

魔法师贝利虚起眼睛。过了好长一会儿，他说："你出去吧，特维尔小姐。"

太好了，西奥妮心想，但她不敢说更多的话来表达自己的庆幸。她从椅子上站起来，理平裙子，拿着清单走向门口。她一直忍着不要跺着脚跑起来，不要咒骂这个讨厌的男人。

"天真。"她嘟囔着对自己说。她抿紧嘴唇，希望这番自说自话不要穿过这栋空旷得可笑的房子，传到那个男人的耳朵边。"怪不得这地方这么空。"她皱着眉头加上了一句，"谁会想跟他住在一块儿。"

她摆弄着项链，幻想着立刻返身回到学徒书房，转换成一位火匠。她多么想将火球朝着魔法师贝利的脑袋直直扔去。

她发现"茴香"在她的房间中挠门，它用橡胶脚掌拍打着门框。她将"茴香"抱在怀中，挠它的脖子。

"对不起，小东西。"她说，"我肯定，如果你在魔法师贝利的视野里晃悠，他一定很乐意撤除你身上的魔法。"

"茴香"气呼呼地甩了甩尾巴，然后猛地向窗户蹿去。又有一只蝴蝶停在窗格上，来自艾默里的短消息被折在里面。他讲述自己度过了无聊的一天，还收到一张塔吉斯·普拉夫魔法学校新一届毕业舞会的邀请函。自从有不久之后接手新学徒的可能，他就频繁地接到邀请。不过，他们都希望，这个位置的空缺是出于正常的原因，而不是西奥妮被迫接受重新分配，去和一位女导师住。当然，他宣称自己不打算参加舞会。

噢，她多么想念艾默里。一想到魔法师贝利是怎么侮辱他的，更别提他是怎么讽刺她的，她的怒火又烧了起来。她将"茴香"放在地板上，一拳砸在床垫上。那个男人真是在**努力地**招人讨厌。

西奥妮将考试所需的折纸任务清单拉开，放在早餐桌上。这张餐桌已经慢慢变成书桌。她最好现在就开始完成任务。她越早通过考试，就能越早离开贝利的"监狱"。

第九章

当天晚上，西奥妮伏在早餐桌上点着的两支粗蜡烛之间，揉搓着右边太阳穴。从太阳穴处，隐隐传来一阵头痛。她用一只手腕压着一本笔记本，另一只下面则铺展着魔法师贝利给出的清单。

24. 用来渡河的东西。

她咬着笔的末端。当然，她不需要真的渡过一条河！她听说，资格考试的地点是固定的……但话说回来，她也知道作为一个魔法师——尤其是折匠，永远不要期待事情都在预料之中。在她成为艾默里的学徒的第一天，他居然就让她懂得了这一点。

用来渡河的东西。一阵战栗爬上她的一只胳膊，穿过肩膀，传到了另一只上。他们会让她证明自己的装置能够渡水吗？不管怎样，她不能让恐水症毁了拿到资格证的机会。绝不能。

西奥妮长叹一声，继续往下看清单。第三十二和三十三项任务分别是：唤起暴风雨的东西和阻挡雨水的东西。这三个项目都和水有关。不过清单上并没有对暴风雨下明确的定义。或许她可以制造一场暴风雨的幻象，又或是折出几十个水滴状的符咒，让它们从天花板落下，就像折术中的雪花咒那样。

至于阻挡雨水——她想，这回指的应该是真实的雨水了。她的记忆回到了自己和艾默里坐在车中，坠入小河的那天晚上。那时，艾默里使用了"隐藏"咒，它像一把雨伞一样展开，变成弧面遮挡在他们头上[1]。如果将这个魔咒稍作修改，应该能够在短时间内阻挡雨水。

她还想起了萨拉杰。

西奥妮摇摇头。当初就是他制造了那一场事故，不过她现在已经无暇再去忧虑他的事情。她得专注在考试上。显然，魔法师贝利并不觉得她能通过考试。

他还在英国，她脑子里有个声音一直在说。

西奥妮放下笔，用手掌底部揉搓了一下眼睛。**专注！**

有人在敲门。

西奥妮放下手。"茴香"的尾巴一下子兴奋地竖了起来。它发出脆如薄纸的犬吠声，朝门口跑去。

---

[1] 见《玻璃魔法》第五章。

西奥妮差点儿就要叫住"茴香",但又想魔法师贝利肯定不会亲自过来和她交流。更何况他们要说些什么呢？他绝不可能道歉。

"进来。"她说。

门咯吱一声,打开了。本尼特伸了个脑袋进来。他那天蓝色的眼珠立马就转向了"茴香"。"噢,我的天!"他边说边蹲下来,戳了戳狗耳朵。当他意识到他的触摸不会使它们掉落或是起皱,抚摸它的动作就放开了,"这就是那只狗!"

"它叫'茴香'。"西奥妮笑着说,"它可喜欢有人陪了。"

"茴香"叫着,将前爪搭在本尼特的膝盖上,用纸舌头舔着他的手。西奥妮希望"茴香"的纸舌头千万别把人划伤,这种事经常发生。过了一会儿,本尼特站起来,问道:"我可以进来吗？"西奥妮示意他随意。

本尼特关上门,免得"茴香"跑出去,环顾四周,然后坐在了西奥妮对面的椅子上。虽然早餐桌上连一寸的空地都没有了。"我想过来为魔法师贝利道歉。"

"他自己不会道歉吗？"

"他只是脾气不大好。不知道你是否懂我的意思。"

"茴香"嗅了一会儿刚来的人的鞋子,然后就忙着玩耍床另一侧的某样东西去了。

"大概能懂。"西奥妮说。她知道在学校的时候,这个男人曾被欺负过。艾默里就是欺负他的人之一。但那已经是很多年以前的事情了。他不会还对往日的嫌隙耿耿于怀吧！"如果没有别的理由，光凭这一点，不能为他开脱。我毕竟是一位女士。"

"我想，他只是……和普通人不大一样。"本尼特说，"我也适应了好一阵子。但过了一个月左右，我开始理解他。现在我们相处得还不错。"

西奥妮合上她的笔记本，"他对待你就像对待一位管家。"

"不是的。"本尼特说，"真不是这样的。我的意思是……'请''谢谢'这样的词汇在他的字典里不怎么出现，但不代表他没有这样的感情。他会用其他方式去表达。如果他让你完成一项小任务，你完成了，之后他会非常开心。这么做对你也没什么坏处。这是我学会的和他相处的守则之一。"

没顾得上"女士"的形象，西奥妮嗤之以鼻，然后向后靠在椅子上，"守则？那我还需要知道其他什么守则吗？"

"这个嘛……"本尼特停下来思考，"如果你早上有什么需要，最好不要去找他……请求最好通过纸邮件来传达。你知道的，送一只纸鹤到他的办公室。"

"但我们在同一栋房子中！"

"可是这栋房子很大，当面交流很花时间。"本尼特解释道，"你明白，给他时间思考要回答的问题。他不喜欢措手不及。当有时间思考时，他会更有把握。"西奥妮努力忍住翻白眼的冲动。

"而且，"本尼特放在膝盖上的双手交握起来，"对他来说，需要很长一段时间才能习惯他人的存在，他比较喜欢独来独往。有些时候遇到无关紧要的小事，就不要向他汇报了。你能理解吗？所以，只要我跟上课堂进度，按时递交作业，我们就能和谐相处。他根本不关心我在课余时间会做什么，这给了我很多自由发挥的空间。"

西奥妮长长地叹了一口气，说道："我想，他跟我真是完全不同的两种人。"

本尼特坐直了身子，睁大的眼睛中有期待的神色。

"既然，"西奥妮接着说，"我只需要在这里待几周。在这段时间中，我可以遵守这些……守则……"

本尼特咧嘴笑起来，"如果能帮上忙，我会很开心的。如果你有什么需要，随时找我。我知道你的学习进度超过我很多，而且……"

"你近期不会接受考试吗？"她问道。

本尼特耸耸肩，"也许在一年之后吧。我不知道。我并没觉得自己准备好了。"

西奥妮皱起眉头，"换一个导师，也许你就准备好了。"

他笑道："我真的很感谢你对我的信心。如果什么时候你想休息一下……离这里不远，有一个非常漂亮的小公园。魔法师贝利拥有一辆奔驰，有些时候他会借我开出去。那地方还有一个有鸭子的池塘，很适合野餐。"

西奥妮本来拨弄着考试清单的纸角，听到这番话后动作慢了下来。她的姿势仍旧懒懒散散，但胸口感到一阵暖意。本尼特肯定不是在暗示着一场约会……吗？

"哦？"她问道，示意他接着说。

"我就是顺口一说。"

西奥妮瞥了窗边的某只纸蝴蝶一眼。*我想只要先不应承他，她想，就没什么关系。*

"谢谢你的提议。"她说，"希望我用不着休息。"她叹息一声，拿起桌上的清单，"要做的事情真多，明天我必须开始折纸。"

"那好，我就不打扰你了。"本尼特从桌边站起来。"茴香"跑到他的身边，或许是希望这位访客能够陪它玩儿。本尼特笑了笑，揉了揉纸狗的脑门。"做得真精致。"他说，"让我印象深刻。你介意我拆开它，研究一下它的构造吗？它身上的一些折纸技术，我没看出门道来。"

西奥妮僵住了。就算她没有对"茴香"施展过其他种类的魔法，她也受不了让别人拆开"茴香"，尤其是在艾默里精心地制作过它两次之后。

"我想……还是让它保持完整比较好。"她说。

好在本尼特并没有坚持。"好的，不过我一点儿也不介意你给我上一堂高级赋生术课程。"他说道，显然将西奥妮当作了小狗的创造者，"晚安。"

她微笑，"你也是，还有，谢谢你。"

本尼特离开房间，轻轻地带上门。西奥妮暂时放下工作，给艾默里写了一条消息，折在纸鹤之中。

她没提到本尼特的邀请。

魔法师普利特维恩·贝利在学徒书房中走来走去，背着手徘徊在遮挡两侧巨大窗户的窗帘之间。有一束光线透过窗帘照进房间，每次当他经过那儿，眼镜镜片上就反射出耀眼的阳光。

"背诵'僵硬'咒的步骤。"他向本尼特下达指示。本尼特端坐在桌子旁的椅子上。

西奥妮跟往常一样，坐在房间的角落里。她将笔记本放在膝盖上，这页纸上的字迹，一行比一行潦草。开头记录的是魔法师相关资格考试，到后面变成了关于萨拉杰·培伦提的零零碎碎的事情。

他不可能在那个社区之中。西奥妮回想着她私自在戈斯波特进行的调查。但我是不是可以派东西去监视着呢？不，如果那地方真有什么线索，刑侦局早就发现了。刑侦局的人会抓住我。更何况，纸魔法太过简单，根本胜任不了我想让它们做的事情。这条路走不通。

刑侦局掌握的信息比她多得多。之前她给魔法师休斯留下的印象挺好的，或许他会告诉她一些事情。

但是艾默里已经跟他联系过了。如果他没向艾默里透露消息，他肯定也不会让西奥妮了解机密。她皱起眉头。

"……面对复杂的折术，不起作用。"本尼特坐在座位上背诵道。

"僵硬"咒是一个能够使纸张在短时间内保持僵直的咒术。西奥妮在做学徒的第二百一十一天学了这个咒术。听起来本尼特像是最近才学到,刚写了一篇关于它的小论文,现在正在接受口头检测。

如果我没收到任何关于萨拉杰的新消息,或许说明他构不成威胁。她暗自责备自己多心。过了一会儿,又一个想法冒了出来:但这也说明他还没被抓住。

她调整自己的坐姿。我已经有一阵没跟魔法师阿维斯基联络了。那艾默里……如果魔法师休斯跟他更新了抓捕进度,他会跟我分享坏消息吗?

她翻回笔记本的上一页,有一张带折痕的洋红色纸卡在本子的装订线处。它曾是一只蝴蝶。上面写着:

想你。努力学习。别让他们影响到你。

她在想这个"他们"中是否包含本尼特,又或是艾默里指的是整个教育委员会。西奥妮不太清楚,当她考试时,委员会中会有多少人到场。

西奥妮做了一个深呼吸,将笔记本翻回来,仔细检查她的笔记。笔记本上有星星的草图,星星的每一个角尖都呈圆弧状,上面连接着一个 V 字形的翅膀。44. 在黑暗中引路的东西。她决定制作会飞的星光咒。当她走路时,星光咒就飘浮在她身前一步的位置。她在房间中折了一半,然后就接到了来自魔法师贝利的纸蝙蝠,要求她出现在本尼特早课的课堂上。于是她暂停了折纸。

她重新听了一会儿课,觉得毫无用处。或许魔法师贝利就是想浪费她的时间,让她无暇完成资格考试的准备工作。

本尼特看向她,但是她将目光移向了窗户。她盯着无人使用的佣人房屋顶看了半分钟,然后再次埋首于笔记本,直到下课。

她重读了艾默里寄来的纸条,这让她的胸口隐隐作痛。

"特维尔小姐。"

她抬起头。魔法师贝利站在桌子的一端,就是刚刚本尼特坐的地方。本尼特已经离开。他在桌上展开一长卷长方形纸张,压平,接着站直身子,将手臂背在身后,然后用窄下巴指了指那张纸。

"我们考个试,怎么样?"他问。

西奥妮将笔记本放在椅子上,站起来。**两周半以后,我就要考试了。你难道忘了吗?** 她朝桌子走去。

"告诉我,"折匠开口说,"你对纸幻象技术掌握得怎么样?"

"如果掌握得不好,我现在不会在这儿,先生。"

"嗯,给我看看。"他指着那张纸。

西奥妮仔细观察面前的纸张,想起了为霍洛威夫人的宴会所做的装饰工作。那似乎已经是很久以前的事……然而事实上时间并没有过去太久。魔法师贝利会让本尼特去干这些差事吗?西奥妮无法想象一位折匠亲自花时间来做这类工作。而且,她也想不出谁会请他去做。他确实只适合撰写教科书。

她问道："您有什么特别要求吗？"

魔法师贝利绕着桌子走了一圈，用的依然是上课时那种均匀缓慢的步伐。"没有，"他说，"但试着给我留下深刻的印象。"

西奥妮长吸一口气，憋了几秒钟。她盯着纸。什么样的东西才能让傲慢如魔法师贝利的人印象深刻？法式宴席的幻象？还是丛林一角的景色，就像她为霍洛威夫人做的那种？

她想到了本尼特提到的有鸭子池塘的公园。她从来没有完成过那样的幻象，而且一想到连事先实验的机会都没有，她更是紧张不已。然而，如果她能将桌面变成满是游鱼、点缀着睡莲的池塘，一定能让人印象深刻。至少，艾默里会认可的。

她走到纸张的左侧，捏起一个角。但在折叠之前，她犹豫了。魔法师贝利似乎想用目光将她钉在木地板上——她能够感觉到他的视线正盯在她的后背和脖子上，但她选择了忽略他。

问题在于如果他想看池塘，散步就可以过去。她咬着下嘴唇考虑着。**我得做点儿别的。**

她陷入了沉思。

魔法师贝利叹气道："一开始，你应该……"

"我只是花了点儿时间寻找灵感。"西奥妮打断他，"您想帮忙，我很感谢。"又过了一会儿，她开始折叠。

她首先从纸的几个角开始动手，捏住纸角，将其中一个扭了一下，以增加幻象的纵深感。她从桌上抓起一支笔，在纸上画出所需的图形、符号，写上词语，确保幻象能够变成她想象中的样子。她调动了巨大的想象力，才想出幻象的样子。毕竟通过望远镜——不管是施了咒还是没施咒的，所能看到的都很有限。她希望自己的想象力能够使最终的结果更加让人"印象深刻"。

魔法师贝利安静地看着她工作，谢天谢地，他忍住了没有发表评论。西奥妮专注在渐渐成型的魔咒上，尽量不去好奇这名折匠脑子里在想什么。

最后折一个扇形，加一个符号，长长的羊皮纸变暗了，点缀着白色的光点。纸张底部的折角微微翘起，使那些斑点缓缓转动。她轻声下达一个指令，幻境的纵深感更强了。

越来越多的词语和图形隐没在暗处。

当西奥妮向后退开，她和魔法师贝利眼前是天空的一角，那是仅凭肉眼永远见不到的景象。

不同大小和色彩的星星镶嵌在天空中，遥远的银河悬挂在右上角，一颗彗星拖着闪耀的尾巴划过纸面。她在纸的左下方设置了一个月亮，月亮那凹凸不平的表面有四分之三都被阳光点亮了。在月球上方飘浮着土星，它散发着淡淡光芒，被一圈又一圈的光环环绕着。

西奥妮笑了起来，她干得不错。

魔法师贝利什么都没说。

她看向他，他脸上是一副难以揣度的神色。他一只手环抱在胸前，另一只手的拇指和食指捏着下巴，察看着她的作品。他看起来并不惊讶，脸上没有……任何表情。

西奥妮在想，她应该问问他作何评价，还是保持沉默。她选择了后者。

过了好长一会儿，他说："一个不错的幻象。"

鉴于这条评论来自魔法师贝利，西奥妮认为这已经是相当高的赞誉了。

他继续说："事实上我对你完成作品的速度感到非常惊讶；考虑到这张纸的大小，十二分三十四秒可以说是非常快了。"

"您……在给我计时。"

他虚指了一下门上方的挂钟，"很快。当然，这不算是最快的，但对于一个只有两年经验的学徒来说，已经相当不错了。嗯。魔法师塞恩终于将他的聪明用对了地方，开始认真授课了。除非你还有另一个导师。"

西奥妮感觉到脖子发烫。她使劲吞了一口口水，开口说："我没有另一位导师。"

他点点头，手指依然捏在下巴上，"聪明本身是好的。他教授上一个学徒时，出现了重大失误。我一直担心委员会会将他放在试用的位置上。我很惊讶他们竟然分配了一名女学徒给他。"

西奥妮的嘴张大了。仿佛有看不见的蜘蛛爬上了她的背。她一时失语,过了一会儿终于找回了自己的声音。"你怎么敢?"她说,"你对那件事一无所知。"

艾默里的第二位学徒叫丹尼尔,两年前她在艾默里的心室里游荡时认识的。里拉——也就是艾默里的前妻,血割者中一颗冉冉升起的新星——和他之间的对立日趋白热化之后,他将丹尼尔转给了另外的人。那是为了丹尼尔的安全。

魔法师贝利放下捏在下巴上的手。他的眼睛虚了起来,"我只不过是在陈述事实,特维尔小姐。你最好能管住自己的嘴……"

"我偏不。"西奥妮厉声驳斥道,"我来这里才三天,却已经听到了太多对魔法师塞恩的攻讦。尽管你们两个在过去有些嫌隙,但他是一个好人,一位杰出的老师。我拒绝再听这样的诋毁。"

魔法师贝利苍白的皮肤涨得通红,"你怎么敢用这样的语气跟我说话?!"

"你怎么能用这样的语气跟我说话?!"西奥妮回击道,感到自己的脸也快涨红了,"我到这里来,不是为了接受侮辱,或者听人污蔑我的导师的!"

"特维尔小姐……"

"你不过是嫉妒他,他是比你更好的折匠!"她吼道。

魔法师贝利双目圆睁。西奥妮一把拽过自己的笔记本,向门口走去。在说得更多之前,她得离开房间。上天啊,这位毕竟是要*监考*她的人!她现在在做什么*蠢事*?

幸好这位折匠并没有在她身后再说什么，反正她没有听到。他也没有来追她，当然她也没有转身看。她的脚步声回荡在宽敞、空荡的走廊里，回荡在这奢侈而冰冷的地方，踩着她心跳的节拍。

她回到卧室，生生忍住了甩上门的冲动。窝在床上的"茴香"抬起了脑袋，就连这只纸狗都感受到了她抓狂的心情，用橡胶里衬的爪子捂住了嘴。

西奥妮抓住项链上的火柴。一分钟之内，她就可以召唤火球，实打实地将这座可怕的房子付之一炬。让魔法师贝利去解决烂摊子吧。他简直让人无可忍受。她太同情本尼特了。

他会将我扔出去的，西奥妮一边想，一边走到了房间的另一侧。她将发夹从头发上取下来，用僵硬的手指梳理橘黄色的头发。*但那又有什么关系？我不需要他来监考我。其他人质疑我的能力，又能怎样？我想让艾默里来监考我的资格考试。*

她想起报纸上的那篇文章。丑闻。她哼了一声。谁在意了。*要是能远离普利特维恩·贝利，一切都是值得的！*

她将发夹扔在床垫上，又在房间中踱了两圈，然后双手叉腰。她用鼻子深吸一口气，然后再将其从紧闭的双唇间缓缓地吐出来。

"学习。"她大声说。通过考试是她现在的第一目标，不管谁做她的监考老师，她都得做好准备。

西奥妮拉开早餐桌旁两把椅子中的一把，坐下，将笔记本扔在玻璃桌面上。她打开它，翻到第一页。又关上它。再一次打开它，翻到星光咒，又向前翻了几页，抓起一支笔。

她想给艾默里写一张纸条，但笔悬停在纸页上方，精力却无法集中。在盛怒之下给他写信，对他俩有好处吗？她反正都知道他肯定会劝她留下。不管怎样都要让普利特维恩留下她。

西奥妮发出一声呻吟，再次合上了笔记本，瘫倒在椅子上。她肯定过不了这一关了。魔法师贝利彻底毁了她专注的能力。

西奥妮躺在椅子上，看着天花板，听着自己的呼吸声，等待着呼吸一点点变慢。当她挺直身子时，脖子感到一阵酸疼。

她听到了轻柔的敲击声从卧室的窗户边传来，于是转身。

西奥妮长舒一口气，嘴角翘起露出笑容。**时机刚刚好**，她从座位上站起来，想道。她没法哭着跑进艾默里的怀里，但他鼓励的话语总能奇迹般地抚慰她紧绷的神经。

她打开窗，期待着一只小巧的蝴蝶或滑翔机，但从窗台上落下来的皱巴巴的纸咒并不是在艾默里手上诞生的，而是来自她自己。

西奥妮大吃一惊，任由窗户关上了。她用手掌托起那只红色的鸣禽。它尖尖的翅膀被雨水淋皱了。风吹弯了它的喙和尾巴，使其变得脆弱不堪。亮红色的纸张沾染上污泥，像是生出了斑斑锈迹。

鸟儿已经奄奄一息。西奥妮捻平纸咒的边角，希望使生机重新回到它的身上。她在戈斯波特搜寻萨拉杰时，折了四只鸟，这是其中的一只。为了找他，它到底在英国四处搜查了多久？它又寻找了**她**多久？

它到底找到了什么？

或许它找到的东西并不重要，就像是之前纸鸟找到的聚居区，但她必须知道。"你能告诉我你找到的东西在哪儿吗？"她问那只虚弱的纸鸟。

那只鸟无力地蹦跳了两下，翻倒在她的掌心中。

她紧抿嘴唇。不管目的地是近是远，这只纸咒绝不可能再有力气飞过去。西奥妮认为它折损得这么严重，根本不可能再次起飞。无论如何，她是不可能跟着它找着地方了。再加上就她所知，并没有什么方法能将一只纸咒的记忆转移到另一只身上，所以也就没必要再折一只。

她轻咬着舌尖思索了一会儿，接着想起了那间技术书房。

地图，她想。魔法师贝利有两张巨大的地图。有这个就够了。

西奥妮屏住呼吸，开始找她分给魔法师阿维斯基的模仿咒。或许玻璃匠给她写了新消息。如果刑侦局已经有了萨拉杰行踪的线索，她就不用自己跟进。

她找到了那张咒语。上面一片空白。

西奥妮用手指捏住那只筋疲力尽的鸟的翅膀，将学业丢到一边，尽力克制奔跑的冲动，快步向技术书房走去。

第十章

落日柔和的光芒透过书房西窗倾泻而入，洒在书墙之上，为之镀上一层锈色——和西奥妮掌中鸣禽的颜色相似。由她自己的耳朵听来，她的脚步声很响。当她带上书房门时，房门发出的嘎吱声差点儿泄露她的行踪。

别暴露了，她提醒自己。她没做错什么事。

至少现在还没有。

她打量着高大的五斗柜，那是专门用来放地图的。但那两张挂在墙上的地图才是她真正的目标。在书房门左侧，挂着一张世界地图，几个红色的图钉标注出了美国东部的一些城市。门右侧的墙上则悬挂一张巨大的英国地图，上面挺干净的，只有一个黄色图钉标注出了苏格兰的爱丁堡。

这张英国地图足有西奥妮人那么高。非常好。

她用双手捧着那只红色的鸟，走向地图，"不管你看到的是什么，能不能先告诉我你是在哪儿看到的？"

纸咒在她掌中虚弱地跳了两下。

西奥妮紧紧抿着双唇，看看地图，又看看那些将它固定在墙上的大头针。鸟儿太虚弱，已经没办法自己飞起来。她将纸鸟放在五斗柜上，按住地图的一边，扯下大头针。她又在地图的另一侧重复了相同的动作。这张纸质厚实的大地图落在了地板上。

她将地图整平，将鸟儿放在上面。

"告诉我。"她请求道。

虚弱的纸咒原地蹦了一下，接着颤颤巍巍地晃动着一只起皱的翅膀。西奥妮将它立起来。它向伦敦跳去，但不久后又一次地翻倒在地。西奥妮再一次扶起它。

鸟儿来到位于伯克郡的雷丁市，停住了。

西奥妮用冰冷的手掌捧起纸咒，伏低身子凑近地图，用右手食指指尖摁着标注雷丁市的圆圈。"这么近。"她悄声说。话音刚落，她的胳膊就自下而上地起了一层鸡皮疙瘩。她的背变得僵硬了。

但是那只鸟是看到了萨拉杰本人？或许它只不过是找到了另一个印度人社区，又或是发现了某个符合萨拉杰形貌特征的外国人。追过去，搞不好又是竹篮打水一场空。

"谢谢。"她对纸鸟说,然后抽身离开地图,"停止。"

生机从皱皱巴巴的纸符上离开。这只筋疲力尽的鸟终于可以休息了。

她坐在脚后跟上,手里依然捧着鸟。雷丁市——会是那里吗?

她必须弄明白。她必须亲自去看看！她内心的一大部分迫切地希望这只鸟搞错了。这样简单的一个纸咒,肯定找不到有用的线索。

*如果知道了重要的消息,艾默里肯定会告诉我。*她想。*而且,魔法师休斯肯定会跟他讲的……*

她看了一眼手掌中的鸟。西奥妮放下鸟,使用项链上的符咒,变身为一名熔铁匠。她对大头针下达了"标定""发射"指令,地图被还原到了之前的位置上。接着她重新回归纸魔法,急匆匆地离开书房,穿过弯弯绕绕的走廊,回到卧室。这两间房子隔得太远,等她到卧室的时候,已经气喘如牛了。

她将鸣禽放在早餐桌上,接着跑到窗台边,看看有没有新来的消息。什么也没有。她拉开窗子,将脑袋伸出去,在渐渐昏暗的光线下搜查空中和地面。还是没有任何有消息要来的迹象,她深吸一口气,从窗户边退开,任由窗户敞开。她走向桌子,又退了回来。

*太近了。*她一边想,一边搓着肩膀,想要抵挡升起的寒意。她得给父母捎个消息去,提醒他们要警惕。

但是她不能百分之百确定。除非她亲自前往雷丁,亲自探查一番。

"你没必要去追他……答应我你不会。"

西奥妮咬着下唇，"我不是去追他。"她悄悄对自己说，"我只是去看看。"

她觉得自己的肠子像是一团搅在一起的破布条，心沉了下去。她再次看向窗子，仍然什么都没有。她应该给他写封消息。

可是说什么呢？她挺直脊背，想要缓解肠绞痛，舒缓内心的沉重感。不管怎么说，写封消息并不会使她陷入麻烦。但她的神经紧紧绷着，她无法写出一封语气轻松的消息。

她踱步到窗前，又返身回来，循环往复好几次，根本没注意到没有眼睛的"茴香"悄无声息地跟在她身后。

雷丁。她可以试着找一面镜子……但是房间旁边的盥洗室中的镜子太小了，如果对目标不熟悉，"借镜跃迁"就会很危险。而且万一她再次弄错了镜子的标识①，在大晚上独自一人穿越到了雷丁市的郊外呢？她能不能在不同镜子之前穿梭，直到找到目的地？这得依赖运气，否则，她就会被困在某一面污迹斑斑的镜子之中。

她可以等天一亮，就叫一辆出租车。但雇车去雷丁要花多少钱？坐火车会更快一些吗？魔法师贝利会放她走吗？他可能会很开心地目送她离去。但她已经将他得罪够了，不想再让两人间的关系恶化下去。

西奥妮十指交握，继续踱来踱去。如果她现在离开，黑夜将成

---

① 每一面镜子都有自己的身份标识，借镜跃迁需要知道镜子的标识。见第二部剧情。

为她的掩护。当然,萨拉杰也更容易隐匿行迹,不过西奥妮自信能够解决这问题。更何况,当她变成玻璃匠或是火匠,她就能在弹指之间制造出光源。在夜色的掩护下,她还能在其他人——旁观者、警察,或是刑侦局自己的人面前隐藏解除契约的能力。如果其他人知道了这种能力,他们大概无法像西奥妮那样死守秘密。

如果找到了他,你会做什么,西奥妮?她自问。你会杀了他吗?

她咬着嘴唇,感到一阵窒息。是的,她杀了格拉斯,并且一点儿也不后悔。他谋杀了黛丽拉。如果有机会,他还打算杀掉她和魔法师阿维斯基。

但她真的想再剥夺一个人的生命吗?或许她只要废掉萨拉杰就可以了,狠狠地伤害他,让他再也无法反击……但是,不行。她绝不能容忍再给他一次逃跑的机会。更何况,他已经得到了判决。他本就该死。

西奥妮猛吸一口气,直到肺部塞满了空气就快要爆炸,才猛地呼出这口气。如果她找到了萨拉杰,如果他们起了正面冲突……她绝不会手下留情。她承担不起手软的代价。他不值得宽恕。

但怎么去雷丁的问题仍旧没得到解决。她可以再次冒险尝试穿越镜子,但她担心总是穿越非玻璃匠特制的镜子,运气将不再起作用。在没有额外报酬的情况下,出租车不可能这么晚过来。而她的津贴要下一周才拿得到。而且,这样做真的值得吗?会不会……

“魔法师贝利拥有一辆奔驰,有些时候他会借我开出去。”

"本尼特。"她低声道。现在他就能开车将她送去火车站。她可以节省时间，还能节省不少钱。而且如果使用熔铁匠最近才在伦敦中央火车站安装的魔法铁轨，她在午夜之前就能达到雷丁。

*你真的还想把别人卷进来？*她的脑海深处有一个声音在问。*本尼特会不会走上跟安妮丝还有黛丽拉相同的道路？她是不是命中注定，会害相识的人一个个倒下？*

"我不会让他跟着我的。"她对自己说，"只是让他送我到车站，仅此而已。"*在此之后，我不会再向本尼特提出任何要求。或许跟他小小地调个情，就能说服他。*

西奥妮拿出一张灰色的方形纸，在上面潦草地写了几行字，将它折成一架简单的滑翔机，然后直接送往正下方的窗户。她观察着，直到本尼特打开窗户，伸出手招呼滑翔机飞进房间。

公园的事等等再说吧。你能带我去中央火车站吗？这事真的很重要，对我来说，世上再没比它更重要的事了。

最好别打扰魔法师贝利，让他休息。分享秘密会使友情更为深厚，对吧？

西奥妮从窗边转回身来，用空着的手打开笔记本，翻到关于萨拉杰的笔记。其实，关于萨拉杰的事情，事无巨细她都记在脑袋里。她将黛丽拉和安妮丝的名字写在本子的角落上，一遍一遍地描摹它们。直到字母的笔画变得十分粗，只能依稀看出是她们的名字。

西奥妮意识到，虽然她和魔法师贝利的关系如同浑浊的污水一般混乱而糟糕，但这却给她带来了某种好处——她回到农舍之后，永远不可能享受到的自由。

艾默里不在这儿。只要她还住在这栋空旷的屋子中，远离她亲爱的导师，就不用费尽心思隐藏秘密，也不用非得遵守承诺。没有人，包括魔法师贝利，会监督她是怎么安排时间的。

她将红色的鸣禽捧到胸前。是的。只要她还和这位暴躁的折匠住在一起，她就可以——也的确会——继续搜寻萨拉杰。

施了咒的灯泡和火魔法咒术将伦敦中央火车站照得通红。本尼特的脸色也红通通的，他白皙的双手渗着汗，紧紧握住他导师的汽车方向盘。他停车的地方，正是两年前艾默里和西奥妮停车的位置。那时，纸魔法师即将踏上同萨拉杰战斗的征程。她有些不自然，这地方也是他第一次吻她的地方。

当然，西奥妮并没有对她的同伴提到这件事。

"不知道他逮住了我，会做些什么。"本尼特气喘吁吁地说，"但我想肯定不会是什么好事。"

"你不会有事的。"西奥妮捏捏他的肩膀，安慰他道，"谢谢你。我不会离开太久。你别等我。"

"你确定？我可以跟你一起去，万一有什么需要，我还能帮你。西奥妮，你不应该一个人前去。大晚上的，一个女人独自在外……"

我必须这么做。如果我孑然一身，就不会有其他人受到伤害。

她露出笑容，"我不会有危险，除非有人劫持火车。如果真的有劫持事件发生，你在也没什么用。更何况，你还要担心魔法师贝利那边。"

本尼特咽了口口水，看上去灰头土脸、有气无力，"如果他问起来我该怎么回答呢？"

"什么都别说。"西奥妮回答，将包挎在肩上。包比之前重了，因为她在最底下塞了一把塔萨姆雷管手枪，以备不时之需。"以防他想起来检查我的行踪，我在房间中留下了一个'我在睡觉'的幻象。"

"他能看得出来。"

"除非他靠近了看。"她不赞同，"注意安全。"

本尼特点点头，"你最好动作快点儿。希望之后你能告诉我为什么要深夜来伦敦中央火车站。西奥妮，你可以相信我的。"

西奥妮没有回答他，默默地下车，大步走向车站。她买了一张最后一班去雷丁的车票，上了火车。在车厢中，除了她，只有三个人。

西奥妮摆弄着符咒项链。火车加速向西驶去，巨大的车轮几乎是悬浮在熔铁匠特制铁轨上的。西奥妮并不知道这种由金属诱导的加速咒是怎么实现的。在她私下学习的有关熔炼魔法的知识中，找不到任何和这项工艺有关的内容。铁路是几年前才修好的。她记得自己曾在某张当地的报纸上扫到过一篇讲这条铁路的文章，那时她还是塔吉斯·普拉夫魔法学校的一名学生。

当火车靠近目的地时，西奥妮感到一阵不安，决心渐渐动摇。

火车喷出烟雾和蒸汽，发动机停止工作，车轮落到铁轨上。火车今晚不会再启程。西奥妮猜测现在可能已近午夜。雷丁火车站亮着的魔法灯更多，但她却忍不住将目光投向灯火照不到的地方，还有远处的黑暗中。她一边走，一边将右手滑进挎包，摸到包里的纸张——有些已经折好，有些还没折，然后用手指抚摸着手枪枪柄。

艾默里会发飙的。

好在雷丁跟伦敦一样，也是个人口众多的大城市，几乎所有的街道上都亮着施了魔法的路灯。事实上，西奥妮连一盏普通的灯都没找到。她寻思这有可能是因为雷丁是魔法师大英帝国公司的总部所在地。魔法师大英帝国公司是大不列颠最大的一家介质魔法工程公司。那个不知用什么办法提高了火车速度、使车辆悬浮的魔咒就是这家公司研发的。西奥妮毕业的前一周，他们来塔吉斯·普拉夫魔法学校进行了一场宣讲。宣讲的目的其实是发掘未来的员工。不过据西奥妮所知，这家公司并不需要折匠。

当西奥妮走在宽街①上时，又一声火车的呼啸响彻灯火通明的城市上空。不过声音是从另一个方向传来的。至少有三条铁路在雷丁市交汇。然而，只有一条可以将她带回伦敦。虽然夜已深，仍旧有人在街上游荡：两个沉浸在聊天中的商人，一名穿着出位的女人正在抽烟，三个和西奥妮乘同一辆车但车厢不同的男人从火车中走出来，大声笑着，听起来近乎高喊。西奥妮将他们都甩在了身后。

---

① 雷丁市的一条街道名。

西奥妮在一座刻有"乔治·帕尔默"名字的雕塑前停下来，从包里拿出三只鸣禽，命令它们："呼吸。"她跟鸟儿们讲着悄悄话，告诉它们如何甄别切割魔法，找到善于隐匿行踪的萨拉杰·培伦提，接着将它们放飞。

西奥妮走在灯火辉煌的街道一侧，经过一间嘈杂的旅馆时，透过没拉窗帘的窗户向里面瞥了一眼。她一边扫视着屋内的一张张人脸，一边倾听角落里年轻的秃顶男人弹奏钢琴。她希望能够找到更多的线索来继续她的调查，同时又期盼着找不着任何有用的情报。她有想过将告诉她雷丁这地方的纸鸟带来，但它所受的损伤太严重了，无法继续保持生机。

西奥妮用手背掩住嘴打了个呵欠，继续向前，走过一条又一条的道路。她避开黑暗的巷弄，用折出的望远镜探查小巷中的情况。她没有找到镜子或是能够倒影的玻璃，也就无从回溯之前的景象。一对醉酒后笑闹着的情侣跌跌撞撞地走在人行道上。她为了躲开他们，穿过街道来到另一侧。最终，西奥妮沿一排亮着的蓝色灯笼来到了肯尼特河的河岸。它发源于泰晤士河，蜿蜒而下，穿过雷丁南部。她没有走上码头，不管什么时候她都想要和水保持一段安全距离。她仍旧没有学游泳，虽然艾默里曾说过想要教她。害羞固然是拒绝学游泳的原因之一，但同时也是因为她对溺水的恐惧从未消退。

纸张拍动的声音传进她的耳朵，西奥妮抬头看见那只用黑色纸张折成的鸣禽。它正向她落下来。它在她的眼前盘旋了一会儿，然后在空中翻滚了一圈。

"你找到了什么？"西奥妮压低声音问道。她多么想这些赋生咒能够说话！"带我去看。"

这只鸟飞过西奥妮的肩头，到下一条街时转了一个弯，朝着靠近河流的地方飞去。西奥妮握着包里的手枪，快步跟在它后面，但并没有跑起来。这只黑色的纸咒从路灯间穿过，扶摇而上，同夜空融为一体。不过它的速度并没有快得让西奥妮无法跟上。

它带着她经过一栋四层楼的建筑，建筑之上是一排一排的窗户；一间维多利亚式的楼房，楼房的烟囱之上还飘扬着一面旗帜；然后来到一幢看起来既像校舍又像仓库的黑魆魆的大楼。大楼门旁的标牌上写着"西蒙啤酒厂"。它所有的窗户中，只有位于三楼的一扇亮着昏暗的光。

从肯尼特河分流出来的河道在雷丁市的这一区域蜿蜒交错。西奥妮咬紧牙关，迅速地经过横跨在平静水面上的一座短桥。这里的魔法路灯要比城里其他地方的矮一些。火匠造出的火焰也从黄绿色变成了紫红色。或许是想让人们把注意力放到水面上。灯火在河面投下的倒影仿若睡莲，但西奥妮却尽可能地不去仔细看。当下，她有更重要的事要担心。

黑色的鸣禽最后落到了一块写有"肯尼特和埃文运河，只允许持执照船只通行"的牌子上。西奥妮来到它旁边，气喘吁吁。小鸟落到她的掌中,她下达"停止"指令,然后把它装进包里。

她在这片区域搜寻,发现了河道旁有一张长凳,还有一棵或许曾有过风华正茂的岁月,但如今已经弯折枯朽的树,以及一座桥连接着她身后的渡头。

她看见水面上有一艘小船,比独木舟大不了多少。上面坐着两人,一人划桨,一人吸烟。两人中间放着一盏灯笼,在他们的脸上投下幽幽绿光。抽烟的男人面容苍老,皮肤松弛,鼻梁高耸。划船的男人穿着宽松的长袖衣衫,肤色黝黑……

西奥妮感到一阵窒息。寒意沿着脊柱而上,她打了个寒噤。她向左迈了一步,藏身在那棵树后。小船平稳地越划越远。萨拉杰——那个男人是萨拉杰吗?她觉得应该是,但她从未有机会在白天将他看清楚,每次都只是仓皇中瞥见的。他在做什么?他要去哪儿?谁在帮他?

西奥妮到底应该做什么?现在萨拉杰在明她在暗,她占有优势,但是水……

她咽了口口水。她的化妆镜就在包中。她可以用它来联系魔法师阿维斯基或是魔法师休斯,告诉他们她所看到的。也许他们会相信她遇到了一位愿意帮助她施展这一魔咒的玻璃匠。不过她必须得解释这些事……消息会传到艾默里的耳朵里……魔法师阿维斯基应该不会在她的结业阶段吊销她的学徒资格。

但万一她真的被开除了怎么办?如果能将萨拉杰送上绞架,这样的代价应该是值得的吧？她家人的平安比任何魔法师资格证书都要重要。

她放开手枪，一边在包中翻找镜子，一边抬头监视远处的小船。

"你真像一只小奶猫。"

如蜂蜜般丝滑的嗓音自西奥妮的后颈传来，却像是冰冷的针尖一样刺痛了她的皮肤，她跳了起来。她转过身，看到一个男人的瘦瘦高高的身影正站在通往渡头的桥沿。

她的手猛地再次握上手枪，"什么？"

这男人向前走了几步，直到离西奥妮最近的一盏闪光灯将绿色和紫色的光束交替投射到他身上。在灯光的照射下，他的金耳钉闪闪发光。一位有点儿过于消瘦的印度男人站在她面前，浓密蓬乱的卷发堆在他近乎呈三角形的脑袋两侧。他穿着肮脏破烂的衣裳，正是逃亡的人会穿的那种。

"像一只奶猫。"他又强调了一遍，"缠着、跟着给她喂过奶的人。但是小猫咪，我可没有牛奶。"西奥妮的脊背发凉，打了个寒战。

萨拉杰·培伦提又往前迈了一步，"所以告诉我，西奥妮·玛雅·特维尔……为什么我会看到你这么晚了还在这座城市中游荡？"

他咧嘴露出一个笑容，与猎犬极为相似。

第十一章

　　西奥妮的呼吸停滞了。她从血割者面前退开一步，肩膀扫到了一条垂下的树枝。她冒险回头看了一眼，但那艘小船和船上不知名的乘客已经划得太远，就算高声尖叫他们也听不见。她已经看不到他们的灯笼。

　　"真让人好奇。"萨拉杰边说边交叠起双臂，向她逼近一步、两步，"通常一只受过虐待的动物会害怕它的施虐者，在他面前瑟瑟发抖，尽可能地避开他。但我却有这种奇怪的……"他朝空中挥了下手，"第六感——你在找我。第六感，这词用得对吗？我相信我应该找对了词儿。是的，你真是一只奇怪的猫咪，卡嘎子①。除非你另有目的。"

---

① "Kagaaz"印度语，意为"纸"。

他截住话头，上上下下地打量着她。他的目光就像黏土一样粘在西奥妮的皮肤上。但在闪闪烁烁的灯光下，西奥妮能够分辨出他的目光中并没有欲望。他看她的眼神，同看一件家具——一张茶几、一把椅子——仿佛有东西被扔在了大街上，他在纠结要不要捡回去废物利用。"不是的。"他说，"你穿得不像是出来援交的。"

"我当然不是。"西奥妮抗议道。他的假设让她怒意陡生，找到了说话的勇气。然而，她又向后退了一步，眼睛在萨拉杰的腰带上扫过。里拉将装着鲜血的玻璃瓶系在腰上，方便施咒。但萨拉杰的身上却什么都没有，除非他将瓶子藏在了衣服下面。再说了，血割者想毁了她，并不需要血液，一次轻轻的触碰足以。

西奥妮空着的手抚上了项链。她吞咽了一次，"萨拉杰，你为什么在这儿？你为什么不抓住机会外逃？我知道你越狱了。"

萨拉杰笑起来，"看来我很有名。如果你非得知道的话，小猫咪，我可以告诉你，我还有没做完的事情，还有一些东西需要收集。你又不是我的太阳。"

"嗯？"她压低声音说道，嘴唇都没怎么动。

"我的太阳。"萨拉杰重复了一遍，姿势放松下来。他举起食指画着圈，"太阳周围有轨道，星星绕着轨道循环往复。但我要做什么事情，并不会围绕你展开。明白了吗？"

西奥妮沉默了一会儿，手指在项链上摸索，然后才开口。"我知道，你只会绕着格拉斯转。"她说，接着再次清了清喉咙，免得声音颤抖，"他看起来十分相信这一点。但他不在了。"

萨拉杰皱了皱眉。"他不在了。"他说。但是西奥妮并没有在他的语气中听出懊恼、悲伤和忠诚。

他又向前走了一步。西奥妮拔出手枪，指着他。

萨拉杰咧嘴笑起来，泛黄的牙齿在灯光下仍旧黯淡。他斜着脑袋，盯着西奥妮。她感到很不舒服。他将手伸进衣服口袋，用一种在英国无人懂得的语言吟唱起来——那是来自黑暗世界的语言。她通过曲调和节奏，记起了这个咒语。这是治愈咒。他现在并不打算伤害她。暂时不打算。

她让萨拉杰念他的咒语。趁此机会将手放在项链上，悄悄念出自己的咒语，希望黑暗能够掩藏她嘴唇的动作。

"你是为了剩下的那些崽子，对吧？"萨拉杰吟唱完毕，问道。他插在衣服口袋中的手握着符咒，西奥妮一开火，他就会使用。他觉得她不知道？"为了你身边的那些人①？你的妈妈、爸爸，和其他的小奶猫？"

西奥妮将枪握得更紧了，掌心渗出了汗。她把枪举高，瞄准萨拉杰的胸膛。

萨拉杰抽出了手，一滴黑色的血从他的大拇指上滴落下来。他手指上的皮肤泛着金色的光晕，说明治愈魔咒在起作用。不过，西奥妮可不相信，当枪子儿穿透了脑袋，治愈咒还能起作用。

---

① 原文中使用的是"parivāra"，梵语中"随从""身边人"的意思。

她调整姿势，瞄准萨拉杰的额头。

"崽子，猫咪。"西奥妮重复他的话，"对你来说，这一切不过是一场游戏，是不是？你根本就不在乎里拉，我也不觉得你在乎格拉斯……"

"是的，一场游戏！"萨拉杰叫道，手掌依然在发光，"噢，可惜他们都是失败的玩家。"他向前大跨一步，说道，"跟你一窝的那些崽子越来越无聊了。之前对格拉斯来说，他们还值得一尝，但现在已经寡然无味了，小猫咪。"

西奥妮的手在项链上摸索着，摸过油瓶、沙袋、写着"在1744年"的星光咒。她念咒语的声音非常轻，甚至有可能她只是默想了一遍。她不能让萨拉杰得知她的秘密——格拉斯的秘密。不过就算他知道了，死人也没法分享秘密。

"跟其他人一样，我也需要钱才能渡过海峡。"他一边说，一边向西奥妮逼近，"我得去找钱。但这事不是游戏，对吧？这事太无聊了。但是你……你现在在这儿。你来和我玩儿了。给我看看，你有些什么。"

"我是来杀你的！"西奥妮吼道。

萨拉杰笑了，拍拍手掌。但这个动作并没有影响到他即将施展的、正在右手手指上发光的魔咒。

"全都是一场游戏。"萨拉杰说完，停住脚步，挺直身子。他的嘴角咧向一边，面部表情近乎狰狞，"现在猫咪已经入局了。我还需要一颗心脏，小猫咪。我想你的就很合适。"

西奥妮从头到脚出了一身冷汗。萨拉杰向前冲来。

西奥妮向后一缩，扣动扳机。

枪声在河道旁和西蒙的啤酒屋之间回荡着，肯定惊动了某些人。直到萨拉杰抬起他发光的手按向领口，西奥妮才知道自己击中了哪儿。子弹射中了衣领的右下方位置。他喘息着、咳嗽着，但魔咒发出的橙色光芒很快就渗入了伤口，使伤口闭合。不一会儿，他把手拿开，将子弹扔到了人行道上。

"将军①。"萨拉杰说道。

"朋友，你弄错了游戏。"西奥妮反驳道，放低了手枪，"我开火，不是为了让子弹穿透你。"

是为了火花。

"燃烧！"她喊道。她从枪口上取得的一小簇火苗燃烧起来，在她的掌中形成了一丛焰火。火光映照之下，她看到了萨拉杰圆睁的双眼。

"烧毁！"她一边高喊，一边将左手向前甩去。火焰如同雹暴一般罩向萨拉杰。因为她要攻击的目标近在咫尺，她那习惯了黑暗的眼睛被明亮的火光灼痛了，一时之间，什么也看不见。西奥妮蹒跚地向后退去，使劲眨眼，来驱除眼前的光斑。烟尘钻入了鼻腔，她忍不住一阵咳嗽。西奥妮一边后退一边用嘶哑的声音下达了"重生"

---

① 这里指象棋中的"将军"。

指令，召唤火苗回到她的掌中，准备再来一次彻底解决血割者。

但雹暴散去后，只留下散落一地的杂草和渡头上一块被烧毁了的木板。西奥妮尚未完全恢复的眼睛无法在黑暗中找到萨拉杰的身影。她来回转了两圈，命令那丛小火苗："燃烧！"

火焰自她掌中生起，在渡头上投下黄宝石色的光芒。渡头的木板嘎吱作响，其上空无一人。

熟悉的寒意爬上她的胳膊和脊背，她感到一阵战栗。她可能并没有烧到那个男人！他去哪儿了？跳进河中了吗？

她的目光投向黑暗幽深的运河，身上的寒意更浓了。他瞬间移动了吗？他到底在哪儿？他正看着她？

西奥妮开始跑。

她拼尽全力地快速奔跑着，带起的风吹灭了仍旧在舔舐着她手指的火焰。

她跑过灯光照耀下的街道，急转过几个街角，直到再次听到了从旅馆传出的钢琴声才停住。她抓住旅馆的门把手，扳动把手推开门，躲了进去，然后一把甩上门。

一些客人——只有十来个客人还在旅馆大厅徘徊——看了她一眼。但显然，从房间角落传出的音乐声比她的到来更吸引人。

西奥妮背靠着门，缓缓滑坐到了地板上，缩在窗户底下大口喘气。她闭上眼睛，仰头向后靠去，后脑勺撞在木头门上。

游戏开局了。是不是意味着我将自己变成了他的猎物？

该死的，我向他展示了火系魔法。如果格拉斯向他透露过这个秘密……萨拉杰肯定知道我能做什么了。像他那样的人会不惜一切代价追寻这个秘密的。太蠢了。真是太蠢了。

西奥妮发现自己仍旧握着手枪，她赶忙将它藏进包里，以免惊吓到其他人。她在包里找到了那只折好的纸鸟，捏着它窄窄的躯体将它拿了出来。她害怕追捕萨拉杰这一行为会让艾默里也身陷险境。血割者会先去找她的家人，然后去找他吗？他会将他们作为诱饵或是要挟吗？还是说他会直接冲着她来？他有可能烧伤得很严重，他能轻松地治愈自己吗？他会今晚上就来找她吗？

弹奏钢琴的人换了一支曲子。西奥妮笨手笨脚地站起来，快步穿过厅堂。她走向小吧台后方一位穿着背心的男人，开口问道：“请问，旅馆的主人还醒着吗？”

男人打量着她，“我就是。有什么事吗，小姑娘？”

“您这里有电报机吗？我有非常紧急的事情。”

汗水顺着她的背往下流。

“电报机已经被淘汰了。”他弯起胳膊，靠在吧台上，“使用电话才是新潮流。”

他用脑袋指了指前方。在吧台的后面，有一部涂着黑漆的电话机。

"需要通过接线员吗①？"

男人点点头，"你去试试吧。需要房间吗？"

西奥妮没有回答他，直接抓起了话筒。她手忙脚乱地打通了当地警局的电话。

"一名叫作萨拉杰·培伦提的血割者正在雷丁。"她对着电话机的话筒说，"他非常危险。十五分钟前，我在渡头看到他了。请将这个消息转告魔法刑侦局。"她并没有提自己的名字，就挂上了电话。

西奥妮无比清醒地在雷丁的旅馆大厅中度过了一整夜。第二天一早，她就坐上了返程的列车，希望能避开那双暗中窥视着她的眼睛。她用一些事先折好的纸咒贿赂了一位出租车司机，让他载她返回魔法师贝利的住处。这些纸咒能在市场上卖个好价钱。但愿萨拉杰仍旧躲在雷丁，舐舐伤口。

西奥妮在汽车上睡着了，甚至梦到她的火咒将萨拉杰伤得很重，他在惊恐之中逃离了英国，再也不回来。但当通往贝利宅邸的崎岖路面将她从睡梦中惊醒，她知道这只是美梦一场。如果她对萨拉杰真有什么影响的话，只能是让他有了复仇的动力。

她又开始思索，格拉斯是否曾向萨拉杰透露过自己想要和介质解除契约的愿望。如果他说过，萨拉杰绝对知道西奥妮做了些什么。没有折匠会像她那样扔出火焰。

---

① 老式电话机需要通过接线员才能联络到想联络的人。

她拖着沉重的双腿走向宅子。现在，解除契约的秘密有落入血割者之手的危险。但是，那个火咒是她脱身的唯一办法。她不这么做，就得献出生命……但是如果秘密真的落入了血割者之手，她宁愿在泄露之前就死掉。

她绝不会让萨拉杰，或者其他什么人，用这种方法来作恶。

*但我不能隐瞒一切，*她一边走向前门一边想着，*我必须把真相告诉艾默里。萨拉杰一定会认为我还在农舍之中。我不能拿艾默里的命冒险。*

她伸手去转动门把手，但还没碰到把手，门就摇摇晃晃地打开了。

本尼特站在门里面，和她一样也是一脸疲惫。他的头发乱糟糟的，衬衫也皱皱巴巴的。

"西奥妮！"他半是责备半是欣慰地说，"感谢上帝你回来了。"

西奥妮僵住了，"难道魔法师贝利……"

本尼特摇摇头，"他都没怎么提到你的名字。他一直在书房中做……一些事情。"

这位学徒侧开身子，让西奥妮进屋，"所以你去哪儿了？"

西奥妮的脑海中闪过黛丽拉的脸。

"我的一个表弟出事了。"她撒谎，"他赌博……这事儿其实挺常见的。但他没能凑到足够的钱，于是被抓进了警局。他只有十七岁。因为难以向他的父亲开口，他给魔法师塞恩家去了一封求助信。魔法师塞恩通过信鸟给我转达了这个消息。"

本尼特揉了揉后颈，"真糟糕。他欠了多少钱？"

"不算特别多。"西奥妮挤出一个笑容，"他就差两英镑。"

本尼特皱眉，"我觉得如果你解释清楚，魔法师贝利会报销你的……"

"噢，不要。"西奥妮压低声音说道。她向厅堂看去，确定没看到折匠的身影后说，"我的表弟只跟我说了这件事。他叫约翰。他让我保证不跟其他人多说一个字。你知道的，为了他的名誉。他想当记者。这种事情会给他带来毁灭性的打击。他需要一个清白的档案。我本来也不该跟你说的。"

"但是让女人在午夜的时候外出……"

"我是一个魔法师。"西奥妮露出狡黠的笑容，"至少马上就是了。遇到紧急情况，就算只能靠纸，我也是能脱身的。"

本尼特看起来安心了一点儿，"我想你说得有理。但我还是应该跟着你去的。"

"真的谢谢你。"她打了一个呵欠，"我想我得休息会儿。发生了这么多事儿，真是一次漫长的旅途。"

"需要我给你拿些早餐来吗？"

"我挺好的，不要担心。"她安慰他，挤出了最后一个笑容。接着她穿过大厅，走上两层楼，来到卧室。她特意没关卧室的窗户。她在窗台、窗外的墙砖，还有房间的其他部分寻找艾默里的纸条，但并没有找到。

她的心揪紧了。自从她到魔法师贝利的家中，艾默里每天都会给她写信，哪怕只送来一条简短的消息。为什么昨晚上他没写信？不管那个血割者再怎么报复心切，也影响不到昨晚上的信。

她揉了揉惺忪的睡眼，打起精神，拽住项链上的火柴磷球和玻璃碎片，走进门旁的盥洗室。现在，作为一名玻璃匠的西奥妮摸着镜子的边沿，找出了艾默里家里被她命名为"农舍一号"的盥洗室的镜子。她先用了一个咒语侦查了室内的情况，确认屋内没人之后，又用了另一个咒语准备"借镜跃迁"。

玻璃镜面波动起来，变成了液态的入口，西奥妮穿了进去。

第十二章

西奥妮觉得自己已经离开农舍数年之久，虽然事实上只有不到一个星期。

她从洗脸池跳到盥洗室的地板上，接着转过身照镜子，整理衬衫和头发。她会跟艾默里讲她是坐出租车回来，从前门走进来的。她有家里的钥匙。

西奥妮来到走廊，迅速地朝自己的房间中瞅了一眼。她笑起来，床被重新铺过了。艾默里的整理癖和洁癖，使得他折叠被子的边角时就像是在制作魔咒。虽然他向西奥妮展示过该如何正确地整理床铺，但西奥妮并没有花时间去学习这种技艺。她的房门通常都是紧闭的，免得艾默里老想整理她的东西。她离开房子后，再没什么能阻止他了。

他肯定很无聊。

她经过房间，将头伸进书房打探一番，纸魔法师不在那儿。但桌子和电报机都被移到了窗户右侧。看来他真的是相当无聊。

她穿过廊道，轻轻敲响艾默里卧室的门。但没有人回应，于是她推开门。这间既杂乱又整齐的屋子里空无一人。

她退回到走廊中，打开通往三楼楼梯间的门。"艾默里？"她喊道。她仔细听是否有回应，却什么都没听见，连脚步声都没有。

她的心跳加快了。"你是神经过敏。"她低声对自己说。西奥妮离开走廊，来到一楼。

他不在餐厅和厨房。西奥妮发现农舍里一片死寂。整栋房子仿佛陷入了无声无息的沉睡。

她向房子的前门走去，手指在项链上挑选着。她解开了自己和玻璃订立的契约，转而成为一名火匠。至今为止，火魔法依然是所有介质魔法中最具攻击性的一种。有火咒傍身，再加上她在炉灶上点了一根火柴——当她需要时能为她提供火焰，西奥妮感到自己强大了些、安全了点儿。

她检查了工作室、前厅、前院和后花园，仍旧没有找到艾默里。甚至连犀头身上的赋生术也被终止了。他应该是离开了房子。但并没有提到过出门的计划。

西奥妮惴惴不安地返回魔法师的卧室，检查他的衣柜。他的魔法师制服还挂在里面，所以他不是去参加正式场合的活动。或许艾默里只是出门购置生活用品，但他痛恨家庭杂务，但凡有点儿可能，他一定会雇一个跑腿的。

西奥妮察看着他的衣柜、床头柜和书架，没看到她折的信鸟。她抽开几个抽屉，甚至检查了床下面。他把它们放在哪儿？难道扔了？但艾默里绝不会将她写给他的信扔掉，他会吗？

她皱起眉头。但很快，对于萨拉杰的忧惧就将她多愁善感的少女心思抵消了。他会来找艾默里吗？

她又一间挨着一间地检查了一遍屋子，最后回到前门。家中既没有鲜血和打斗的痕迹，也没有被人破门而入的迹象。西奥妮变回玻璃匠，从包中掏出一块玻璃，用来放大餐厅和厨房的地板。她仔细地搜寻蛛丝马迹——遗落在地板上的一滴血迹，又或是萨拉杰的一缕头发。依然什么都没有。她还在盥洗室的镜子上使用了回放咒，查看过去几天在那儿发生的事情。直到镜子展现出艾默里换衣服的场景，她才停止魔咒，脸色绯红地离开盥洗室。

她靠在自己卧室门旁廊道的墙上，"他应该是安全的。"她大声说出这句话后，感到了一些小小的安慰。

她在那儿等了一会儿，希望能听见艾默里打开前门的声音，但农舍依旧沉默着。西奥妮好不容易从墙上撑起来，走向书房，在那儿的一张黄色方形纸上潦草地写了一条留言：

派翠丝跟我说，萨拉杰在伯克郡一带出现。千万小心。

爱你

她将纸折成鸣禽，将其留在艾默里卧室的窗台上，伪装成是她从贝利的大房子那边寄过来的。接着她通过盥洗室的镜子穿回她在魔法师贝利的宅邸中的卧室，终于能够睡上几小时了。

三天过去了。

三天里，她等待着萨拉杰采取下一步行动，寄出了很多纸鸟去那片区域搜查，每天在魔法师贝利订的报纸上查找关于血割者的报道。萨拉杰自从和她在雷丁火拼之后，就再也没有动静。

他没有动静，艾默里也没有动静。

每当夜色足够掩藏纸符离去的身影时，西奥妮仍旧坚持给艾默里寄纸鸟、纸蛾、纸蝙蝠。但她再也没有收到回复。这样算起来，他们已经有四天没交流了。但她知道他曾回过农舍。她通过盥洗室的玻璃镜子连通"农舍一号"，在镜子中看到了他挂在墙上的湿毛巾。

那为什么艾默里不再回复她呢？

她被这个问题搅乱了心神，在笔记本的空白处随手画上睡莲。她坐在学徒书房的课桌旁，对面坐着本尼特，正在制作膨胀锁链上的一节链环。下达"扩张"指令后，膨胀锁链的佩戴者会显得比旁边的人都要高大。至于到底有多高大，取决于纸的厚度。因为链环要一节一节地制作，所以这是一个比较复杂的幻象符咒。西奥妮准备用它来应对测试中的第 37 项要求：能够对付流浪汉的东西。

但西奥妮再次发现，她很难将精力集中到学业上来。

魔法师贝利确实给了她很大的私人空间，但他仍旧要求她旁听本尼特的晚课。他不再指责艾默里，但西奥妮和这位好斗的折匠间的关系很难变得融洽。

事实上，魔法师贝利对待西奥妮的态度日渐恶劣。几天来，他都用毫不掩饰的怀疑眼光看着她，把她当作违反规矩的嫌疑犯。她只能够猜测，这个男人发现了奔驰上的刮痕，认为她是罪魁祸首。而她确实也难辞其咎。不过，西奥妮才没工夫去关心魔法师贝利舒不舒服。她要担心的男人已经太多了。

万一……她的笔顿住了，一个想法冒了出来。万一艾默里厌倦了我？

真是太可笑了，不是吗？一直以来，他们进展得极为顺利。他爱她。他们甚至都到了谈婚论嫁的地步！他会逐渐厌倦她这个想法，本该使西奥妮发笑。

可是她并没有笑。她迅速眨了下眼睛，憋回泪水。然后她抬头看了本尼特一眼，想知道是否被他察觉了。他所有的注意力都放在了锁链魔咒上。西奥妮深吸一口气，完成了她的涂鸦。

万一他只是在利用魔法师贝利来疏远我呢？她思索着。万一这一切只是他撇清我们俩人关系之前的过渡呢？

魔法师艾默里·塞恩曾有过一段婚姻,结局非常非常糟糕。西奥妮曾亲眼见证过这一段关系给他造成的伤害,在他的心上留下了一道犬牙交错的裂痕。肯定的,那道鸿沟到现在也没有被填满。那如果永远都填不上呢?如果西奥妮不再是他的学徒,他们的关系为人所知,艾默里还能够遵守他的承诺吗?

万一西奥妮最后只成了他的一个秘密呢?

这么想你会折磨死你自己的。她斥责自己,握笔的手更用劲了。**理智一点。他这么做肯定是有原因的。**

她真想知道她穿越镜子回到农舍的那天,艾默里去哪儿了。他甚至连她当时留下的**警告**都没有回复。

"你还记得魔法师惠特米尔吗?"

听到本尼特的话,西奥妮抬起头。他手里握着一节完成了的链环,蓝眼睛中笑意盈盈。那眼睛让她想起了泰迪熊。

西奥妮眨了眨眼,开始清理思绪。她将有关艾默里的想法抛到一边,在记忆中搜寻这个名字。她想起来了,记忆回到了三年前她在塔吉斯·普拉夫魔法学校的第一个学期。她那时正坐在学校礼堂中靠过道的位置,旁边是一位不认识的同学。但是因为卓绝的记忆力,那同学的面容她还记得清清楚楚。回忆中的她朝讲台上看去,看到了须发皆灰的胖胖的聚酯纤维匠。她笑起来。

本尼特也笑了,"所以你还记得?"

"当时他在帮自己位于弗吉尼亚的纺织公司招聘员工。"她说道,

"他带来了一个巨大的插针板，上面全是公司的产品。可是当他弯腰捡手帕时，一屁股撞倒了那块板子。"

本尼特咯咯笑起来，"我不该笑的，但真是忍不住。我想大概没人会认真听他接下来的演讲了。"

西奥妮合上笔记本，问道："怎么想起这事儿了？"

他耸耸肩，"就是突然想起来了。折纸的时候人能想起不少事情。你知道的，我曾经想要成为聚酯纤维匠。"

"我不知道。"

"我是毕业前一个月才下定决心的。"本尼特坦承道，"聚酯纤维魔法是一个亟待开发的领域。能学习新的魔法门类，在它的基础上研制新魔咒，肯定很有趣。在此之前，我觉得当橡胶匠也不错。或者应该说，我爸希望我当橡胶匠。他在橡胶工厂中操纵机器设备。"

"他是魔法师吗？"

"不是的。我们家就只有我。不过我有一位嫂子，是个熔铁匠。"

他打住话头，将手中的链环翻了个面。

你仍然可以成为一名聚酯纤维匠。西奥妮想。她摸了摸衬衫的领子，摸到了藏在下面的符咒项链。

"你之前想成为一名熔铁匠，是吗？"本尼特问。

她和他对视了一眼，"我很惊讶，你竟然还记得。"我什么时候跟本尼特谈论过熔铁术？她在记忆中飞快地搜索着。是在塔吉斯·普拉夫的圣诞宴会上？

"你……"他斟酌着说,"你失望吗?被分配来学习纸魔法?"

"刚开始的时候很失望。"她承认,"但现在没有了。我很开心命运如此安排。"

"我也觉得。"本尼特回答她,"我的意思是,我又没做过聚酯纤维匠的学徒,没有对比,怎么能知道哪样更好呢,是吧?"

她点头。

"我很担心离开之后的事情。"他用手托着脸颊,又加上一句。

西奥妮放在笔记本上的手交握起来,"你会成为一名优秀的魔法师的。"

"不是担心这个。"他说,"我是为离开魔法师贝利的事感到担心。他……没什么朋友。我知道,这有些让人难以相信。"西奥妮嗤之以鼻。

"我肯定他很快就会有另一位学徒,但他需要很长的时间来……适应。就像你看到的。但他其实并没有恶意。他被误解了。他以前的处境一直不好,你知道吗?"

西奥妮回想起了她在艾默里心室中的旅行,那是她第一次见到魔法师贝利,或者说是普利特。她不知道到底有多少人欺负过他,他又被欺负到什么时候。如果她也遭遇过相同的命运,会不会也是这副样子?

"我知道一些。"她说,"但你不能为这个止步不前。"

"我不会的,但我有时会想想这件事。"

西奥妮再次打开她的笔记本。一张纸从她翻过的纸页中漏了下来，落到她的腿上——那是沿着长边随意撕开的半张纸。模仿咒的另一半她留给了魔法师阿维斯基。纸上面依然什么都没有。她很好奇，魔法师阿维斯基是否听说了那条关于萨拉杰的匿名留言，有没有怀疑到她身上？当然，这些都要建立在有人将这消息告诉了教育部部长的基础上。艾默里肯定还没有跟魔法师阿维斯基对过消息，不然这会儿他俩肯定都快要把魔法师贝利家的门给敲碎了。

本尼特将两只手握在一起，"西奥妮，我……"

"不好意思我先告辞了。"她从桌旁站起来，说道，"我需要一点'思考'的时间。"她拿起笔记本，"我还有很多工作没有完成。"

本尼特点点头。"当然。"他说，但流露出了失望的神色。

离开书房前，她冲他笑了一下。她并非有意打断他说话——那些话本来也已经到了嗓子眼儿，但现在她觉得幸好打断了。本尼特是一位非常棒的朋友，而且她必须承认，他也是一位极具魅力的绅士。但他的亲切友好已经开始让她担心了。在刚刚那一瞬间，他叫她的名字叫得异常亲密。

"我这人真糟糕。"她一面喃喃自语，一面魂不守舍地来到走廊，将模仿咒放到笔记本的封面上。她用左掌抬着笔记本，在纸咒上向魔法师阿维斯基写道："您听说了什么吗？"她不需要详加解释。

她靠回墙上，将模仿咒举到面前，等着魔法师阿维斯基的字迹出现在她的问题之下。时间一秒一秒地过去。过了一分钟、两分钟，但那半张纸上再没有出现一字半句。当然，模仿咒上出现字迹时，它既不会响，也不会发光，无从提醒它的拥有者。西奥妮得等到魔法师阿维斯基看她那一半魔咒的时候才能得到回复。她只希望能比电报快点。她猜魔法师贝利既然有数量夸张的各种物件，应该也有一台电报机。但在她急着去完成的事情中，找到一台并取得使用许可根本排不上号。

她缓缓地吐出一口长气，将模仿咒卡进笔记本中。屋外，天空中的云层变幻，漏下一缕穿透了廊道窗户的阳光。西奥妮避开突如其来的光亮，眨着眼睛，驱除眼前的光斑。视力还没完全恢复时，她就瞅到了屋檐上停着什么东西。它约莫有一英尺高，虽然没有毛，却似模似样地在用嘴整理右翼：那是一只纸鹰。

西奥妮呆了半晌，才缓慢地向玻璃窗靠去，以免惊扰这只栩栩如生的纸咒。它的身躯是由数十张纸折成的，纸张的衔接处干净利落，西奥妮几乎看不见接缝。整只鹰是由棕色纸折成的，但胸口处的用纸是灰白色的。

这不可能是本尼特的手工，也就是说它应该是魔法师贝利制作的。云层再度遮挡了太阳，让西奥妮能将这只鸟看得更为清楚。这只纸咒看上去非常凶猛，它的爪子是由紧紧卷在一起的纸折成的。用卡纸折成的尖利鸟喙上安装有铰链，能够一张一合。除了她和艾默里一来一回传递消息的符咒，西奥妮还没有在魔法师贝利的宅邸中看到一只纸符。是她之前没注意到吗，还是它是刚折好的？

为什么在这么多的事物中,他选择了鹰?魔法师贝利肯定不会无聊到为了吓走周围的鸟而折一只纸鹰。

那只鹰从屋顶上展翅腾空而起,飞过庭院,向上拔起,然后越过宅邸,消失在西奥妮的视线中。

"嗯。"她哼了一声,然后从窗户边离开。

在廊道中,她撞见魔法师贝利正跟一位女佣说话。这个女佣一周来三次,打扫房间。西奥妮加快脚步回到卧室,免得被他看到。

西奥妮用拇指摩挲着一个折角的折痕,细心地确认它的边缘非常平整,然后才将这个新折好的三角形塞进她刚在早餐桌上做好的骷髅手臂的凹槽。再过一两个小时,她就能完成这件作品并测试它了。如果测试失败,她就得逐一检查每一张纸、每一处折痕,找到犯错的地方。如果找不到,她就得重做一遍。好在她还是颇有信心,犟头的手臂她见了无数次,足够让她做好这个纸咒了。真正的挑战在于,她得让这条手臂作为一个单独的个体动起来,而不是身体上的一部分。

1.用来开门的东西。一旦手腕被做好并且运转正常,她就能用这个装置来完成魔法师资格考试清单上的第一项要求。

窝在床上的"茴香"叫起来。这只纸狗轻得只能在床垫上留下浅浅的痕迹。它伏在西奥妮的笔记本旁,发出低沉的吼叫声,不过听起来就像是纸在空中翻飞。接着它咬住了冒在笔记本封皮外的模仿咒,甩了两下脑袋,将它拖了出来。

西奥妮跳了起来,赶紧走向"茴香",将纸咒从它的嘴里拿走。她看着魔法师阿维斯基遒劲的黑色字迹出现在纸咒上,就像是被看不见的幽灵写出:

我不想你把自己卷进去,特维尔小姐。

西奥妮咬着嘴唇,将魔咒拿到早餐桌上,用钢笔写下回信:**您答应过会告诉我的,我必须得知道。**

一个墨点出现在西奥妮的字迹下方,墨点渐渐变大。看起来魔法师阿维斯基停下了笔,很可能正做着思想斗争,所以笔尖的墨水就浸染开来。终于,她写道:**不久前,他在雷丁被人看到了。是的,他仍旧在英国。魔法师休斯认为他正在筹钱和造假身份文件,想要毫发无伤地逃离欧洲。**

墨水再一次浸在了纸上。魔法师阿维斯基犹豫着写下:**魔法师朱丽叶·坎特雷尔被杀害了。**

西奥妮脸上的血色尽褪,手掌冰凉。魔法师朱丽叶·坎特雷尔——虽然没有私交,但西奥妮听说过她。她是刑侦局的一位熔铁匠,参与过对格拉斯·寇伯特的追捕工作。根据艾默里的说法,萨拉杰就是在萨尔特迪安[①]被她逮捕的。

她的视线落在了魔法师阿维斯基最后的一个词上:杀害。

黛丽拉惊恐的圆睁的双目浮现在她的脑海中,被格拉斯勒住脖

---
① 英国沿海小镇。

子,被捆绑在椅子上拼命地挣扎……

西奥妮闭紧双眼,等待着瞬间升起的寒意沿着脊椎退下去。过了一会儿,她睁开眼写下:他杀了她?

剖出了她的心脏,但魔法师休斯不能确定他是否已经使用了它。

西奥妮将手按在胸膛上,感受着自己的心跳。他偷走了她的心脏,就像当年里拉偷走了艾默里的那样,唯一不同的是,没人替朱丽叶将心脏偷回来。在渡头,萨拉杰本来想要西奥妮的心脏。从萨拉杰把她……到底过了多久了?他留下的魔法师坎特雷尔的尸体是否足够完整?她还能复活吗?

西奥妮打了一个寒战。她的肠胃绞痛起来,胆汁涌到喉头。她使劲将其咽下。

然后他就去找魔法师坎特雷尔了。如果西奥妮能在那时候阻止他……

一时间,她整个人似乎被抽空了,呆立不动。萨拉杰偷走魔法师坎特雷尔的心脏,是因为她就快要找到他了,还是因为她是那两个抓他入狱的魔法师中的一个?

恶心代替了麻木。艾默里就是另一个。

她吞了一口口水,继续写道:在哪儿?

你很安全,特维尔小姐。玻璃匠回复道,魔法师休斯正在紧跟事态发展。我会告诉你……

西奥妮在魔法师阿维斯基的回答下面写道：在哪儿？

又过了好几分钟，魔咒上面才显示：别着急，一旦萨拉杰被找到，我就会通知你。

西奥妮尝试着让魔法师阿维斯基多透露一些，但玻璃匠不再回答她。而且，模仿咒上也快没什么空白处了。

西奥妮瘫倒在椅子上，看着手中那段简短的对话。在和西奥妮打过一场后，萨拉杰不可能还待在雷丁。但刑侦局收到她的匿名留言后，肯定会以之为搜查的起点。魔法师坎特雷尔追萨拉杰追了有多远？

西奥妮用钢笔敲着桌面，咬紧牙免得哭出来。他逐步深入英国，仍旧逍遥法外。魔法师坎特雷尔或许正是萨拉杰现在还没找上她的原因——他在追踪之下分身乏术。他会将那位熔铁匠的心脏留着用来对付西奥妮吗？或是对付艾默里？西奥妮只知道一件事情：萨拉杰为了自己的人身自由外加一点儿零花钱，根本不会在乎要杀多少人。他会为了追寻格拉斯的秘密来伦敦找她吗？或是为了逃跑选择放弃秘密？

她猛地将钢笔笔尖杵在桌上。笔尖折断了。她曾打败过里拉，打败过格拉斯。然而到现在为止，仍旧没人相信她。没人愿意让她帮忙。

她没法再次前往雷丁，尝试追捕萨拉杰，不是吗？魔法师资格考试已近在咫尺。她难道还能将整座城市翻个底朝天，搜捕一个东躲西藏的人？她侥幸从戈斯波特得到了有用的线索。但她现在连艾默里外出去了哪儿都不知道。

但和其他人相比，她更有可能击败他。她既可以作为诱饵，也可以是捕猎者。她可以是魔法师坎特雷尔、魔法师休斯、魔法师阿维斯基，或是艾默里，她一人可以分饰多种角色。

她看向模仿咒，顿了顿，抚上她的项链。

西奥妮猜到了魔法师休斯是用什么来向魔法师阿维斯基传递消息的。

等到今天下午魔法师阿维斯基出门去教育部工作的时候，她就行动。

明天这个时候，不管阿维斯基知道些什么，休斯告诉过她什么，西奥妮都会知道。

第十三章

通过借镜跃迁来到玻璃匠的家中，有两大好处。第一，这里有许多足够大的镜子让西奥妮穿越。第二，所有的镜子都是用玻璃匠特制玻璃做的，没有一点儿杂质，使得旅途无比顺遂安全。黛丽拉曾跟西奥妮说过，为了避免被困在镜子中，只能穿越玻璃匠特制玻璃。然而迄今为止，对于西奥妮来说，这样的条件是一种奢望。

西奥妮踮着脚尖悄无声息地潜入了位于阿维斯基家三楼的镜子房。她是从一面比她还高的长方形镜子中穿出来的。她刚一出来，泛着旋涡的镜门就恢复了平静。她停住脚步，屏住呼吸，仔细聆听房屋中的声音。她什么都没听见，房子是空的。

她揉了揉凉飕飕的脖子。虽然这间镜子房并不是黛丽拉被杀害的地方，但其中的镜子却是一样的。而且魔法师阿维斯基摆放镜子的方式还和当年一模一样。自从那天格拉斯·寇伯特将她拉进房门，用成百片玻璃碎片划开她的皮肤，她就再没有置身于这么多镜子的包围之中过。

西奥妮看向角落，想象着黛丽拉被捆绑在那儿的椅子上。她感到空落落的。极度的空虚，伴随着无可忍受的寒冷。

她甩甩头，将悲伤的思绪甩到一旁。阿维斯基自己都说，沉湎于回忆之中没有任何好处。玻璃匠说起来倒是容易。可是西奥妮的回忆不同于他人，永远都那么清晰深刻。

她在寻找的镜子，是当她身受重伤躺在格拉斯身边的地板上时，用来联络魔法师休斯的那一面。休斯从未问过她是怎么联系上他的，很可能误认为是黛丽拉或者魔法师阿维斯基施展了魔咒。至于阿维斯基……她那时候还昏迷不醒，也从来没疑惑过休斯是怎么赶来施救的。

西奥妮转过身，认准了她身后的那面镜子。它被移动过。她向黑色的镜框走去。

"倒映，过去。"她手指触到镜子上，说道。她的形象打着旋儿消失不见。就像在戈斯波特做的那样，西奥妮回放镜中的倒影，仔细检查着滚动的每一帧画面。她看见日光暗淡，魔法师阿维斯基进屋，使用了另一面镜子，又离开。房间变黑，又亮起。然后，阿维斯基重又出现，站在西奥妮现在所在的位置上。

"停止。"西奥妮下令,玻璃匠的身影凝固了。西奥妮注意看魔法师阿维斯基的眼镜。她在镜片中看到了魔法师休斯的倒影。

她又往前倒了一点儿,查看两人的对话。

"……在沃德斯登①发现了她的尸体。"魔法师休斯的声音低沉而疲惫。西奥妮看不到他整个人,只能在阿维斯基的镜片中看见他的侧脸。"心脏被收割了,但血液并没有被抽走。我怀疑他没时间。具体细节我还不清楚,得等到验尸……"

阿维斯基的脸上血色尽失,变得苍白。她嘴唇颤抖着,一句话都没说。

"我们今晚会跟她的家人联系。"魔法师休斯继续说,"与此同时我还会派出侦察队前往牛津和埃尔兹伯里。我们会找到他的,派翠丝。"

西奥妮停止了影像。"他回伦敦了。"她喃喃自语,"他来找我了。"

她紧抿着嘴唇。刑侦局还不知道她和萨拉杰的交锋。她闭上眼睛,回想着魔法师贝利的地图,在记忆中搜寻着伦敦周边,沃德斯登、牛津、埃尔兹伯里。如果这些是萨拉杰有可能前往的城市,西奥妮敢用一年的津贴打赌,他去的一定是埃尔兹伯里。在这几个城市中它离伦敦最近。留给她做准备的时间太少了。

西奥妮终止了魔咒,通过之前的镜子回到了魔法师贝利宅子的

---

① 英国城市名。

三楼。她将牙刷、梳子和洗脸帕从水池旁收起来，带回房间，放到床上"茴香"身旁的位置上。她得轻装简行，但要准备周全。她得带上会用到的所有东西，还有施展魔咒所需要的……

倾泻进她房间的午后的阳光被云层遮蔽。西奥妮望向窗外，再次看见了之前的那只纸鹰。它如同秃鹫般在屋顶盘旋着。真是魔法师贝利会养的宠物。

她查看窗台，但艾默里依然没有联络她。她用手指轻敲着窗台。为什么他不再联系她了呢？她已经开始感到愤怒。艾默里·塞恩并不是被动的类型。如果他有什么想法，肯定会开口，甚至……

她的思路被打断了。她再次看向那只鹰，真是一种奇怪的宠物。纸动物有一点好处，只要它们不被浸湿，就不必像活物那样花心思照料，就像"茴香"。西奥妮从来不用遛它，给它洗澡，跟在它身后收拾残局。甚至都不用喂它。

鹰吃什么？西奥妮一边想，一边从窗边离开。她从早餐桌上拿起一张正方形的纸，折出一只鸣禽。她激活它，然后打开窗将它扔进春日的空气中。这只小鸟在空中来来回回地扑腾着翅膀，然后向贝利豪宅边缘的那排树飞去。

那鹰就像一只真正的猛禽一样，俯冲而下，拦住那只鸟儿的去路，用修长的纸爪抓住了它。它紧接着便滑向宅子，抓着纸鸟停在了一楼某间窗子旁边。

那是魔法师贝利办公室的窗子。

西奥妮猛地用手捂住嘴。*他知道了，*她想，一阵寒意浸入了她的四肢百骸。她刚来的几天没看见那只鹰，是因为贝利还没有**制作**它。他肯定看见了那些从西奥妮窗户中飞出的鸟……或者是飞到她窗台上的那些东西。那些来自艾默里的消息。那些会泄露她和艾默里关系……而且，他可以解开上面的保密魔咒。

她从窗格前退开。艾默里并没有停止给她写信。是魔法师贝利拦截了这些消息。他读了这些信。他……

西奥妮的心里有什么东西就像是锅中不断升温的热油，终于爆开了。灼烧的怒意蒸腾掉了每一丝忧惧。她脸色通红，心跳加速。

"他怎么**敢**！"她怒吼道，然后冲出卧室，赤着脚重重地踩在廊道的地板上，飞奔下两层楼。西奥妮怒气冲冲地大步径直走向魔法师贝利的办公室，猛地拉开门。

房间中没人。纸鹰还停在窗外。

西奥妮冲进房间，扫视桌面，一个接着一个地拉开抽屉。右边最下面的抽屉卡住了——它是锁上的。

她伸手摸向领子下的项链。她快速地默念出一串咒语，变身为熔铁匠。然后她将拇指按在锁上，暗自期望这把锁是用合金制成的，下令道："打开。"

咔嗒一声，锁开了。西奥妮一把拉开抽屉。抽屉里胡乱堆放着颜色不同的纸张。这些皱皱巴巴的纸都曾被折叠过。上面密密麻麻地写着字，有的来自她，有的来自艾默里。

她猛地扯出一张紫色的纸，展平在掌中。

我猜你肯定忙着为考试做准备。不要用力过猛。你很聪明，一定能通过考试。偶尔还是要放松一下。如果纸蝙蝠能带着它飞到你那儿，希望它能帮到你！

告诉我你现在怎么样。我开始担心了，亲爱的。

西奥妮张大了嘴。她将纸翻来覆去地看，发现纸的末端有棕色的污点。她闻了闻，是巧克力。

艾默里寄了什么东西给她？又是多久之前寄来的？她展平了另一张凫蓝色的纸。

我打算按照书籍的厚度重新整理一下书房的书架。你觉得这主意怎么样？将所有能快速读完的书放在一起，所有的大部头（你的最爱）放在另一处。

一张曾被折成纸鹤的橙色纸上面是她的字迹：我很担心你。你为什么不写信？发生什么事了吗？要帮忙吗？

一张曾被揉成球的灰色纸上是艾默里的字：希望我没有使你感到厌烦。又或许是你换房间了。记住，千万别钻牛角尖。西奥妮，我对你很有信心。另外，我今天突然对核桃或者是杂货店的小伙子身上穿的不知是什么毛的毛衣过敏了。

另外一只白色的蝙蝠上写着：艾尔弗雷德说萨拉杰的确出现了。他派出了警员保护你的家人，还派了一位一天来农舍巡逻好几次。我会跟你随时通报情况的……

"你在做什么？"魔法师贝利尖厉的声音从门口传来。西奥妮猛地站直身子。他冲向她，伸手去抢她手上的字条，"你这是不请自入……"

"你这是偷窃！"西奥妮吼了回去，声音大得在墙壁之间回响着。她抽回手，不让贝利够到字条。

"偷窃！"纸匠重复她的话，"在我的产业上？或许你应该再小心一点儿，保管好你的秘密。西奥妮·特维尔，我还没有检举你，你应该感到庆幸了！"

"你去啊！"她说，"去检举我啊！普利特，好好读读规章手册。我没做错什么事，他也没有。你觉得他为什么要送我来这儿？你觉得我为什么会忍受你这样人憎鬼厌的人，跟你待在同一个屋檐下？还不就是为了让考试更公平！当然，你可能根本理解不了这种想法！"

她弯腰抓起剩下的被偷走的信。魔法师贝利再次试图拿走它们，但她在被他抓到之前，退开了。

"你知道吗？这不是他的错。"她恼怒地说，"你一直以来的抑郁和愤怒，既不是魔法师塞恩的错，也不是我的错。你放任自己沉浸在苦闷里，还助长它疯狂生长！"折匠睁大了眼睛。

"你该好好想想为什么没有人喜欢你！"她一边绕着桌子走，一边吼道。她冲向门，逃进走廊。魔法师贝利并没有跟着她。

她气喘吁吁地奔上楼，勉力抓住一堆乱七八糟的字条。在楼梯顶，她撞见了正满脸忧色往楼梯下望的本尼特。他听到了什么？隔这么远，应该听不见细节，但肯定能听见吵架声。

西奥妮跟他对视了一眼。他的视线就像一根冰冷的针穿透了她。她看向别处，又转回了头。她深吸一口气，收好信件，装进裙子口袋，转身回到办公室。

魔法师贝利对着窗坐着。他将眼镜掀在头顶上，一只手按摩着右侧太阳穴。

当听到西奥妮说话的时候，他吃了一惊。

"我想……我刚才说话太难听了。"她努力保持冷静，显得非常生硬，"我为此道歉。但我绝不会原谅……这种行为。"她朝书桌挥了挥手。

贝利只是看了她一眼，脸上仍旧是难以捉摸的神色。她不太确定，他不戴眼镜时能不能看清她。

"你很聪明，魔法师贝利。"她说，"显然，你也非常成功。本尼特对你的评价很高，而他又让人如此信赖。"

"你到底想说什么，特维尔小姐？"贝利问道。

"我的意思是你有优点。我希望你将这些优点用在正途上。像这样胡乱介入别人的生活，你是不会开心的。"

魔法师贝利哼了一声。

"你觉得我看错了你。"她双手抱在胸前，说道，"但你也看错了我。普利特维恩·贝利，你在遇到我之前，就对我下了预判。我相信肯定是这样的。我只希望我们能在这条崎岖的路上找到下脚的地方。"

她转身想要离开，但又犹豫了。她转过头，加了一句："如果你个人对我的不满影响到了魔法师资格测试的最终结果，我会知道的。并且我会向内阁检举你。"

她等了几秒钟，没有等到他的回答。她退出去，用稍慢稍冷静些的方式冲上了楼梯。她将手放进装满信纸的口袋中。在有纸鹰巡视庭院的情况下，她没法从这座房子里寄出纸鸟。于是她用化妆镜探查了农舍盥洗室的情况。墙上没有毛巾，也没有声音从墙外传来。

"停止。"西奥妮关上化妆镜。等她离开这栋宅院，就可以寄出纸鸟。她要去找一名血割者。这一次，他们将会至死方休。

第十四章

西奥妮手边并没有大滑翔机，又不想将本尼特卷入她的一堆破事中。所以她得自己找出去埃尔兹伯里的方法——那种不必去寻找一面一尘不染的镜子，就可以让她迅速逃离埃尔兹伯里的方法。

她回想起《橡胶魔法学徒参考手册》中提到过的一个魔咒。这本从莫恩图书馆①中借来的书已经过期很久了。虽然来到魔法师贝利的宅院，是为了钻研折艺，但西奥妮并不想将她的关于其他介质魔法的参考用书和材料丢到一旁。事实上，她差不多带了三分之二的资料在身边，全都塞在箱子底。

西奥妮浏览手册的目录页后，翻到了第八十四页。这页的内容

---

① 伦敦国王学院的图书馆。

是关于"速行法"的，归于"旅行"章节之下。

她仔细地复习了这个魔咒。之前她从未使用过它。如果搞砸了，就只能穿越镜子了，前提是她能在埃尔兹伯里找到一面好镜子，这可得花去不少时间。

她数了数橡胶圆纽扣，发现按照她的鞋码，还需要两颗才够。这意味着她得从"茴香"的脚掌上借两颗。西奥妮用一把橡胶术小刀——这是她唯一的橡胶魔法工具——一丝不苟地切割着纽扣：这里切出一个半圆，那里割一条裂缝。然而仍旧有失误，她不得不又取下了两颗"茴香"的橡胶肉垫。终于，她将纽扣放到地板上，照着书上的样子，摆出一种特别的"之"字形。每只鞋搭配五颗纽扣。接着，她找出自己最舒服的一双鞋放在纽扣上，命令道："合并。"

当橡胶和鞋底合并在一起的时候，橡胶发出吮吸一般的声音。西奥妮十指交握，穿上鞋子，说道："加速，两倍。"

她以普通的行走速度踏出一步、两步。然而，她发现自己已经到了房间的另一侧，走出的距离差不多是平时的两倍。她欣慰地笑起来。"停止。"她对鞋子下令。接着，她准备好其他的魔咒，将其藏进皮包，就放在手枪旁边。她只剩下一样东西要准备了。但她得先找到一个熔炉。熔铁匠的魔咒能使子弹击中特定的目标，但这种魔咒必须在金属熔融的过程中制作。她已经没时间完成这一浩大工程。至少今天不行。

她将剩下的材料和魔咒装进包中，沿着佣人专用楼梯下到一楼，从后门溜出宅子。西奥妮对她的鞋子施咒，将步速提升了十倍。不到十分钟，她就跑到了伦敦中央火车站。途中惊呆了十多个路人。

西奥妮站在埃尔兹伯里议会大楼里的一间被锁上的房间外，耳朵紧贴着门。从门里传来的官员的声音模模糊糊；没有人怒吼，也就意味着她听不到什么有用的信息。她对面墙上的时钟显示的时间是 4：36。

搜寻议会大楼是她的第二步。她先去了警察局，看到好几个警官从街对面的汽车中走出来。她觉得像埃尔兹伯里这种大小的城市，是不需要这么多警卫力量的。一个男人制服上的伦敦警局臂章告诉她：这些都是魔法师休斯的手下。现在他们都坐在这扇门的后面，跟一位老人讨论着什么重要的事情。西奥妮猜测，老人是和刑侦局一起的。

她在包中翻找着，找出一面有两个拇指指甲盖大的正方形小镜子。在确认四周没人后，西奥妮捏住项链，念出咒语，变身玻璃匠。接着，她将镜子塞进门缝，紧贴着门的一侧，避免让聚在屋里的人发现，然后走开了。

西奥妮并没有走远。她走到廊道尽头，一转弯，发现了一间办公室。办公室的门上嵌有一面毛玻璃，门外放着两张椅子。她坐下来，拿出笔记本，趁着房间中的人在讨论跟她切身相关的事务时，尽可能地完成学习任务。

她发现了一份卷起来的报纸，就靠在她身旁的门上。报纸的第一页上用印刷体大字写着"教育委员会"。

她看向门。房间中没有电灯光，但阳光从一扇打开的窗户中流泻了进去。这应该是间办公室吧。

西奥妮扶着椅子的扶手，弯腰捡起报纸，展开来看。引起她注意的那篇文章中写道："魔法内阁教育委员会颁布规章，禁止异性师生制度。"文章的副标题处写着，"委员会估计有超过一百对异性师徒的师生关系将要被解除。新规定从 9 月 14 日开始执行。"

当西奥妮开始阅读这篇文章时，她的脸色变得苍白。*哦，老天，他们把名字都列出来了。*

她一开始只是略读，在这篇长达四竖列的文章中寻找"塞恩"或者"特维尔"的字样，但她什么都没找到。她刚舒了半口气，就读到了对去年一件轰动苏格兰全国的丑闻的简要描述。魔法师布莱尔·彼得斯是一名玻璃匠，她和自己的学徒之间的关系……

"*她的学徒？*"西奥妮喃喃自语。她想知道他们的年龄，但文章里没说，也没提到学徒的姓名。至少报社决定只公开地羞辱两人中的一个。

文章作者还提到了一名熔铁匠，魔法师井堀茹马恩。他被指控和自己的学徒发生了婚外恋，虽然现在还没有搜集到确凿证据。

*是这两件丑闻导致了新规定的颁布吗？还是有其他的事情？*她又想到了艾默里，还有吉娜。

接着她开始通读全文。新规定将会在塔吉斯·普拉夫魔法学校的新学期开学的时候，正式开始执行。这样一来，大部分被转移的学徒都完成了近一年的课程，或许转移的过程会更顺利一些。

9 月 14 日。还有三个月。如果西奥妮没有通过她的资格考试，肯定会被转给其他的老师。虽然继续学习的时间也不会太长，但这并不能带给她安慰。

西奥妮打了一个激灵，卷起报纸，扔在门前。她不知道艾默里有没有读今天的报纸。他看到这篇文章会怎么想。

5 点 34 分，西奥妮听到走廊那头的门打开了。她从座位上站起来，在转角处偷偷张望，看到六名警察和一位年长的绅士离开房间，向大楼的前门走去。除了两名来自伦敦的警官在交头接耳，没有人吭声。

西奥妮看着他们离开，数到二十下，才走回之前的廊道。她四下打量，没有发现其他人，于是溜进房间，在一张极为老旧的地毯边缘找到了方形镜子。她拾起镜子，快速向外面走去。在她离开大楼的路上，撞见了一名公务员。但那人只是看了她一眼。毕竟，在议会大楼中可不止一间办公室，她有可能是其他部门的人。

西奥妮急匆匆地向街尽头的教堂走去，在教堂外找到了一张位置偏僻的长凳坐下，对着她掌中的镜子施展魔咒。"倒映，过去。"她说。镜子银亮的表面只向她展示出白色的天花板，但警官的声音却很清晰了。

　　她听到一个男人在讲魔法师坎特雷尔是怎么死的——那是一个让她畏惧不已的故事。但她仍旧注意听每一个细节。她不能错过任何事情。

　　另一个声音则讲到两天前，有一个印度男人在埃尔兹伯里被逮捕了，但后来发现这只是一个长得同那名臭名昭著的血割者很像的商人。接着他们又提起了一个叫作克里夫·普利司通森先生的人。他的尸体被人从他的汽车的乘客座位上发现，血已经被抽干了。

　　"他的钱包和公文包都不见了。"一个低沉的声音解释道，"我们还未发现他的那些钞票在埃尔兹伯里流通。"

　　一个男高音补充道："但是有目击者称有符合培伦提外貌的袭击者放弃了普利司通森的汽车，尝试了另外两辆汽车，最终启动了一辆福特 A 型。我想培伦提应该是没在普利司通森身上找到汽车钥匙。"

　　"等等，目击者？"另一个男高音问道。

　　"这些都在我的报告中，长官。"第一个男高音回答，"她要求我们不要泄露她的姓名。她看见了一个印度男人跟随普利司通森走到他的车前，然后抓住他的后颈。虽然普利司通森反抗了，但仍旧被刺伤了，可目击者并没有看见刀具。袭击者将普利司通森拽进乘客座，十五分钟之后才从车里出来。然后他偷走那辆福特车，驶上前往布拉克利①的公路。福特车的车主名叫欧内斯特·哈金斯，他的

　　————————————
　　① 英国城市。

声明在我这儿。"

布拉克利，西奥妮打了一个寒战。布拉克利就在伦敦和埃尔兹伯里的西北方。

"什么时候的事？"第二个高音问道。

那个低沉的声音回答道："今天凌晨四点钟，长官。"

西奥妮握住镜子，从长凳上站起来。她重新和橡胶订约，对鞋子施咒，启程前往布拉克利。她希望以橡胶魔咒赋予她的速度，能赶在警官们之前到那儿。

她不能确定，到底是早一步好，还是迟一步好。

这魔咒真是太刺激了。

西奥妮的魔法鞋将这个世界变成了色彩和声音的碎片，她于其中呼啸而过。她特意绕到郊区，同市镇隔着很远的距离，免得撞飞什么东西。但她还是在斯特拉顿奥德利附近被一个鼹鼠洞给绊倒了。一路上，她都感到皮肤紧绷着。为了雅观，她一直用手拽着飞扬在身后的裙摆。

西奥妮在想：是不是正是这样的魔咒吸引魔法师休斯成了一名橡胶匠？

她及时抵达了。位于埃尔兹伯里西北方向的布莱克利是一个小镇。这儿有一架挂在树上的秋千，旁边就是个精心布置的公园。西奥妮快到公园的时候，停止了鞋上的魔咒。

太阳虽然还没落山，但已经泛出了落幕的橙色，照得整个小镇黄澄澄的。西奥妮经过公园另一边的梭结蕾丝店铺和布料店。桥街旁边坐落着一间小杂货铺和一座旅馆。那儿还有一些穿着背带裤的男人正在将某种动物饲料装上马车。

她继续往前，经过市场、由红蓝两色墙砖搭建的房子、一所救济院和伍达德圣公会学校。这个点，只有一个学生还赏光留在操场，他坐在一条长凳上读着数学教材。

西奥妮问他是否看见了印度人，特别是开着福特 A 型车的。他回答说"没有"。

夕阳西沉，西奥妮走在阴影中。她后悔自己没戴一顶帽子遮住头发。鲜艳的发色使得萨拉杰很容易认出她。不过，他肯定没想到会在布拉克利看见她。她还占着出其不意的先机。

她从一间小医院前走过，来回拨弄着项链上的符咒。医院的东面搭着脚手架，说明它正被翻修。她望向下一个十字路口，看见了一排公寓楼和一座高高的砂岩红教区教堂。教堂的街对面，就停着一辆福特 A 型小轿车。

西奥妮僵住了，向后躲进砖砌的拱顶下，这是一座只有一层楼的图书馆的大门口。这是萨拉杰的车吗？警察没有提到车牌号。或许她应该再用镜子查证下。

引擎声引起了她的注意力，又有一辆 A 型从转角处开来，或者那是辆 C 型。司机戴着一顶大礼帽，留着褐色的小胡子。当他们从她面前经过时，车里的乘客——一位穿着荷叶边粉红色裙子的女人——正被什么笑话逗得哈哈大笑。

西奥妮，你真是得到了一个了不得的线索。她想。**或许这镇上一半的人都有辆福特！**

她在拱顶下停了一会儿，监视着第一辆福特，直到一位手臂下夹着两本书的年轻人从图书馆走出来。他离开的时候向她行了个摘帽礼。然后西奥妮就走进了图书馆。

她经过一位穿着考究、正在读日报的绅士，走向柜台后的图书馆管理员，开口问："打扰一下，我正在寻找一个人。一位大约四十岁的印度男人。又瘦又高。他把钱包丢在医院外面了。我没看见他后来往哪个方向走。"

管理员是一位上了年纪的女人，灰白的头发紧紧地箍成魔法师阿维斯基最喜欢的那种发髻。她摇了摇头，"我想我只记得……你肯定他不是西班牙人？"

"西班牙人？"

"马里奥住在桥街。"她解释道，"他和自己的妻子以及小女儿从马德里来，到这儿已经四年了。"

"我……或许就是他。"西奥妮说道，佯装感激地接过女人随手写在一张纸片上的地址。她从领口处将地址塞进胸衣。她裙子的口袋已经被魔咒塞满了。

西奥妮一边穿行在布莱克利的街道上，一边用手清点着包里的魔咒，时不时地还摸一下她的枪柄。当她绕了一整圈重回公园时，天色已暗，她的腿也酸疼无比。这次她选了一条完全不同的路，这条路将她带到了装有样式古老的尖刺的栅栏旁。她看见一些救济院的员工在亮着灯光的窗户中走动，但他们的长相都跟萨拉杰相去甚远。

一辆没开车灯的福特从她旁边经过，吓了她一跳。司机是一位中年高加索男人。

她穿过街，折回另一条全是住宅的街道，停下来询问正在浇花的女人是否见过萨拉杰，但她也不曾见过。夜幕降临，西奥妮变身成火匠，右手握住一根火柴，以备不时之需。她仔细地搜寻每一间房子，考虑到如果萨拉杰想要隐匿行踪的话，肯定会避开热闹的街道。

当太阳的四分之三都落下地平线后，她想过送出纸鸟为她收集消息，但她不敢冒被发现的风险。

西奥妮蜷缩在一条粉白色的尖桩栅栏后，捏住磷球和纸张，又变回了折匠。她抽出一张长长的纸，卷成一卷，下令："拉近。"

她一只眼贴着纸望远镜，借着所剩无几的暗淡光线搜索这片区域。一个男人溜着他的狗，走过了几扇门。他狐疑地看着她。西奥妮脸色通红地放下望远镜，继续走在街道上，转过街角，从学校附近穿出来。

她又用望远镜探查着，发现了学校后面停着一辆空的T型福特。

她将这个位置记在脑中……

西奥妮将望远镜向上抬了一厘米,学校的后墙被纳入视线中。突然,她屏住了呼吸。一个敏捷的身影闪过,她注意到了一缕黑色的头发和扬起的深色斗篷。但她还没反应过来自己看到的是什么,这个男人就已经消失在了后门中。

她放下望远镜,任由它在掌中散开,魔咒中断。她的心在胸中狂跳。恐惧带来的熟悉的刺痛感扎着她的皮肤,但她没在意。里拉。格拉斯。她之前做到过,现在也可以做到。她比任何人都准备得充分。再来一次火咒,一切就都结束了。

她以前就杀过人。她可以再做一次,不是吗?

她的脉搏依然跳得很快,但好像换了一种节奏。脉搏的跳动声听起来,*感觉起来很陌生*。就像是她进入了另一个人的身体,借他人的血肉行动。

"由天所生之介质,"她喃喃低语,抓着项链上木制的火柴棒向学校走去,"汝主相召。吾与汝相连之日,即解约之时。"

"由人所铸之介质,"她将手压在胸上,继续说,"吾召唤汝。吾与汝相连之日,即订约之时。"

她点燃火柴,"由人所铸之介质,汝主相召。汝与吾契,不归尘土,不违此约。"

她踏上学校的草坪,用手罩着火焰。热度透过她的手掌蹿上她的胳膊,微微有些刺痛,但并不灼热。她任由火柴从指尖滑落,掌中托着那团小小的焰火。

萨拉杰没关紧门，留下了一条缝隙。她握住门把，将门拉开了些，接着踏入昏暗的走廊。幽光从没有拉上的百叶窗照进走廊。她轻轻地走着，鞋底仍旧粘着橡胶纽扣，她小心地保持着平衡。火焰藏在她的掌中，红光从指缝之间透出。

她听到转角处有脚步声。脚步声突然停下，脚下的地板发出轻微的嘎吱声。他在听，在等。他知道她在这儿。

西奥妮肩膀贴着墙壁，向转角走去。她将拳头抬到嘴边，低声说："燃烧。"

脚步声再次响起，越来越快，越来越响。这是冲着她来的。

她冲过转角，火焰从她的掌中爆开，金色的光芒充斥着整条走廊。火光照亮了袭击她的人，爆炸咒从他的手中飞出。

在一片光明中，她看清了来人，他那卷曲的黑色短发，炭灰色的外套，倒映出焰火的绿色眼眸。

西奥妮没能喊出几乎就要脱口而出的"烧毁"命令，而是猛地站住，哑声道："艾默里？"

第十五章

艾默里睁大了双眼，跌跌撞撞地喊道："停止！"

颤动着的爆炸咒从空中落到地面上，再无威胁。

西奥妮如释重负，感觉身体又是自己的了。学校的墙壁变得坚实稳固。她的心跳依然很快，但节奏趋于稳定。

她脸色绯红，身上却起了一层鸡皮疙瘩。一时间思绪千回百转。"你在这儿干……干什么？"她问道。艾默里依然瞪着眼睛。他上前一步，"西奥妮……"

"你剪了头发！"她叫道。

他停住脚步，眉头紧锁，"呃……你手上有火。"

西奥妮眨了眨眼，看向仍在她掌中燃烧的火焰，说道："停止。"

火焰逐渐熄灭，只余下一缕青烟。

火焰熄灭之后，隔了一会儿，艾默里抓住西奥妮的前臂，将她拉进了旁边的一间教室中，关上了坚实的木门。教室有三面长方形窗户，其中的一面没关，带了点蓝色色调的暮光从那儿透进来。西奥妮的臀部撞在了一张桌子上。教室前方的黑板上仍旧留着阅读作业——阅读艾尔弗雷德·丁尼生①的作品，但被擦掉了一半。

"这是……"艾默里开口说，但随即摇了摇头，揉了揉太阳穴。他闭上眼，又睁开，"上天啊，我不知道该从哪儿说起。"

"那就让我来。"西奥妮说，"你在这儿做什么？"

"你也该回答这个问题。"

西奥妮虚起眼睛，感到自己的额头皱了起来，"你来这里是因为萨拉杰，对吧？你在追踪他。"

"习惯使然。"纸魔法师一边回复，一边放下卷起的袖子。不一会儿，袖口又落到手腕的位置，"但我想你肯定不是因为逛街不远千里来到布莱克利吧，西奥妮！你答应过我你不会……"

"我答应过？"西奥妮反问，"你也答应过！"

他张嘴想要反驳，但又闭上了。他用手指捋着短短的头发，然后竟然笑了，"看来我们都不是什么诚实的人。"

西奥妮肩膀一松，"我想是的。"

他和她对视，"这就是你不回信的原因，是吧？想要隐瞒……这

---

①1809~1892，英国维多利亚时代的诗人。

些事？"他用手朝教室比画了一下。

"不是的！我没有到……"她说道，然而立马转口，"魔法师贝利截获了我们的信件。就在今天，不久之前我才在他的办公室里找到了那些信。他有一只被施了赋生术的鹰，巡视着整栋宅子，会袭击所有能动的纸咒。"

艾默里再次开始将头发，一声轻笑逸出嘴角，"好吧，真让人欣慰。"

"欣慰？"西奥妮挺直了背，重复道，"他读了那些信，艾默里！他知道了……"

"我不怎么介意。普利特一直都这样，喜欢窥人隐私。不过之前我总以为自己能比他棋高一着。"他又笑了一声，"话说回来，我还以为你变心了。"

西奥妮感到自己放松了下来，甚至快要笑起来，"我也有相同的担心。"

艾默里交叠起双臂，向后倚在靠墙放置的有肚脐眼高的书架上，"你要不要先解释一下刚刚的那团火？"西奥妮脸色发白。

"我记得你曾说过，你不会涉猎……这些东西。自从那天在医院……"

"我知道，但是……艾默里，我已经知道了这些信息，怎么可能什么都不做？我怎么能浪费这样的秘密？"

"在医院那天我怎么就相信你了呢？"他问她，但更像是在问自己。"一个火匠。"他轻声说,语气中充满了不可置信。他揉揉额头,"也是一个玻璃匠。接下来我就得和一位聚酯纤维匠一起生活了。"

西奥妮咬着嘴唇。

艾默里直起身子,"聚酯纤维……还有……橡胶魔法?冶金魔法?"

西奥妮搓了搓后颈,说:"你说的我都试过。"他像一尊雕塑似的静止良久,面部表情才放松下来。"西奥妮,"他的声音冷得像块墓碑,"请不要告诉我你试过……"

"我没有!"她的声音变大了,"我没试过血割咒,艾默里。你明知道如果我那么做,我会……你知道我怎么看血割咒的。"

"我明白,我明白。"他举起双手认错,"对不起。只是……事关萨拉杰,我不知道你会用到哪些手段……"

"不会用那样的手段。"她回答,"永远不会。"

他们陷入了一阵沉默。

"他在这儿?"西奥妮压低声音问道。

艾默里摇摇头,"我不确定。我怀疑他在布莱克利。下课之后,这栋房子就空无一人。对他来说是个安全的藏身之所,但我没有切实的证据。"

"魔法师休斯让你来的?"

"哈……不是的。我可以向你保证,是我自己决定违背承诺的。"他严肃地说,"西奥妮,不用说你都知道我有多不想看到你在这儿。

如果不是因为我自己也没遵守约定,我肯定会对你发火。"

"我也是。"她平和地说,"但是我觉得……我觉得他之所以出现在布莱克利,是因为在杀害魔法师坎特雷尔之后,就准备前往伦敦了。"

当她提到这位熔铁匠时,艾默里的脸沉了下来。

西奥妮继续道:"你看……我可能比你更早打破承诺。我……在雷丁遇见了他。"

艾默里的脸上血色尽褪。他猛地跨步向前,抓住西奥妮的双肩,"什么? 西奥妮……你什么时候……我……到底发生了什么? 他有……"

"他没有碰到我。"她安慰他,举起手抚摸着他的脸。尽管是在这种情况下,她仍旧觉得能再次靠近艾默里实在太好了。她感到……安全。"那个时候,我碰巧是个火匠。"他深吸了一口气,放开她,又去抓头发。

"火匠。是啊。因为你知道如何……上帝啊,西奥妮。"

"我觉得他是冲着我来的。"她承认道,然后转开了眼睛,免得看到艾默里脸上的忧虑和不快,"他觉得这是场游戏,艾默里。我或许已经成了他的玩伴。除了这点,他还知道了我可以解除契约。我将他伤得很重,但还是不够重。"

"我们马上离开。"他抓住她的手,说道,"拜托了,西奥妮。跟我走。"

抗议的话几乎要脱口而出。她远道而来，做足了准备。为了黛丽拉，为了安妮丝。她有这样的力量，她明明能做到。艾默里看不见吗？

她看向他的眼睛，黑眼圈深重，眸子仍旧闪亮。

她意识到，再大的力量、再多的准备都不能使艾默里的心安定下来。不能使他那颗千疮百孔支离破碎的心安稳。同其他的事情比起来，她更希望能使那颗因恐惧而颤动的心平静下来，让它重新变得完整。

我违背了承诺，她想，不管他做了什么，我确实违背了承诺。

她点点头。艾默里重重地叹了口气，他伸手去够门把手。

"你去哪儿了？"在他转动把手之前，她问。他的动作顿了一下。她解释道："上周我去农舍找你了，想告诉你雷丁的事情，但你不在。你去哪儿了？"他回头看她，"你得把日子再说明确点儿。"

"周二。"她说，"我四处找了找……等了一会儿，但你没回来。我在你的窗台上留了一张字条。"

一个小小的笑容浮现在他的嘴边，竟然带着几分羞怯。西奥妮从未在他的脸上见过这样的表情。

"只是出门散散步。"

"你从不散步。"*他为什么要骗我？*

"我有大把大把的闲暇时光要打发。"

"艾默里·塞恩。"

他微微翻了个白眼。这是他稍感恼怒时会有的表情，"西奥妮，我跟你的父母在一起。主要是去找你的父亲。"

西奥妮眨了眨眼睛，放松下来，"去警告他们？他们安全吗？"

艾默里犹豫了一会儿。西奥妮觉得自己看到他的脸上闪过一丝窘迫，但他只是点点头，"他们被照顾得很好。"

一种舒适的如同热可可般的温暖在她的体内扩散。

"谢谢你专程去照看他们。这说明……"

突然，铁腥味儿的红色烟雾弥漫了整个房间，打断了西奥妮的话。艾默里一僵，向她伸出手。与此同时，一声尖锐而响亮的撞击声贯穿了她的颅骨，房间突然暗下来。

西奥妮醒来时感觉到的第一样东西是灰尘的气味——带有一丝金属味，腐臭而干燥。然后她感到了来自后脑勺的抽痛。脖子是僵硬的，手臂和身体像是有瘀伤，有一种紧绷的疼痛感。昏暗的光线射进她的眼帘，她费力地睁开眼，眨了眨。喉咙中发出一声呻吟。

她置身于一间狭长的长方形房间中。房间的高大窗户被长棉布遮住。地面上是大块的棕色瓷砖。两张折叠起来的病床被撂在门旁的角落里。两排支撑柱贯穿整个房间，西奥妮被绑在其中的一根柱子上。她一眼看去，房间里好像只有她一个人。

她挣扎着想要摆脱绑住她的滑溜的绳子，徒劳地挣扎几下之后，她发现腐臭的气息正是从绳子上散发出来的。她借着暗淡的光线观察，绳子是粗麻袋色的，材质平滑，呈半透明状。它看起来简直像是香肠的肠衣。

胆汁涌上西奥妮的喉头，她好不容易才咽了回去。这一举动让她的鼻窦感到一阵灼痛。

这是肠子，而且不可能是猪肠或牛肠。只有人才是由人生养的。血割者只能用人体施展魔法。

萨拉杰。西奥妮抬起头，搜寻房间，找到了光源——几个浮在空中的小小的魔法球。球差不多有婴儿的拳头大小，每一个外围都有一圈能发光的环：绿的、蓝的、棕色的。她咬紧嘴唇，认出了那些都是眼球。她几乎用尽了全部的意志力，拼命地无声地祈祷着，才让自己没吐出来。

肠子将她的胳膊紧紧绑在身侧，但西奥妮的手腕还能在小范围内前后移动。她抓向裙子的口袋，将拇指和食指伸了进去……但口袋空了。另一只也是空的。她的包也不见了。

她看着绑着自己的腐臭的肠子，意识到了另一件事。将她绑起来……把她带到医院……萨拉杰碰过她了。

这个念头让她的眼睛瞬间涌出了泪水，寒意渗进了骨头。她战栗着。酸水又涌上喉头。天啊，他碰了我。我死定了。我死定了。

艾默里。

她再次尝试挣脱束缚。她重新搜索房间，寻找纸魔法师的踪迹，呼吸变得急促起来。两行泪水从她的面颊上滑落，留下清晰的印记。

萨拉杰杀了他吗？他跑掉了吗？艾默里……在哪儿？

她在另一排柱子上找到了他，就在她的斜对面。萨拉杰用相同的方式绑着他。只不过艾默里面对着窗户。

西奥妮只能看到他的侧影。他垂着头，没有知觉。萨拉杰拿走了他的外套，他的长裤的口袋也被翻了出来。

"艾默里！"西奥妮叫道，尽可能地压低声音，"艾默里，醒醒！"

纸魔法师动了动，血割者也出现了。

"你如果作弊，游戏就不好玩儿了，猫咪。"萨拉杰带着口音的话音从西奥妮的右边传来。她看到他从另一道连通楼梯的门走进房间，然后拼命挣扎起来。他的穿着跟在雷丁时不一样，一袭剪裁贴身的灰色套装，没穿外套。他的衬衫扎进裤子中，一片深红色的污渍就在腰际。另一块暗黑色的污渍则覆盖着膝盖。

他低声念着什么，应该是一道咒语。将西奥妮绑在柱子上的滑溜的肠子动起来，将她移动到柱子右侧，面对萨拉杰。他朝她狞笑道："当你主动来找我的时候，你追我赶的游戏就不好玩了。"

西奥妮吞咽了一下。她的声音似乎被困在了颤抖的身体当中，她努力找回它。"我想你……你不太习惯有人反击。"她说道，但声音中没有丝毫自信。

"萨拉杰。"艾默里的声音响起来。这会儿西奥妮更难转过头去看他了。"这是你跟我之间的事。"

萨拉杰笑起来，"哦，不是的。塞恩，你马上就要下场了。"

被缚住的西奥妮拼命扭动，心跳有如擂鼓，"萨拉杰，不要！这是我们俩之间的事，别把他卷进来！"

"别乱改游戏规则，猫咪。"萨拉杰举起一根手指，责备道，"现在，"他伸手从口袋中掏出西奥妮的项链，"告诉我你的小秘密，嗯？"西奥妮全身一僵。

"格拉斯实在是太……那词怎么说来着？执迷不悟。沉迷于寻找解除契约的方法。"萨拉杰一边说，一边在两排柱子间走动着，摆弄着项链上的符咒，"我都不知道他已经成功了。当然，除非你是自己发现这个秘密的？"

他停了下来，将项链举到面前，"你这玩意儿上面有些奇怪的东西。木是纸的原料，沙是玻璃的原料。油……和火柴？所以魔法介质的原材料是施展这一技能的条件之一。但具体该怎么做？"

"西奥妮！"艾默里喊道，但萨拉杰手一挥，绑着他的肠子就收紧了，让他无法说出剩下的话。他甚至连呼吸都很艰难。

"停下！"西奥妮尖叫道。

萨拉杰笑了，放下手。捆着艾默里的肠子稍稍放松了些。纸魔法大口喘着气。

*他会杀了他的。*西奥妮惊恐地想。她的呼吸变得沉重而急促。天花板似乎开始向她压下来。*他会杀了他。天，艾默里……不能是他。*她甚至无法集中精神思考。

但她也不可能告诉萨拉杰这一秘密。她不能将这种力量交给他。

一旦萨拉杰知道了她的秘密，将会有多少人遭遇不测？

是选艾默里，还是选他们？

她不该追着萨拉杰不放的。她一开始就不该尝试使用这种能力。她不该……

"计时开始咯。"萨拉杰说。

"什么都别告诉他！"艾默里吼道。

西奥妮双唇紧抿。眼泪从面颊流下。

萨拉杰咯咯笑着，踏着不紧不慢的步子走向她。当他靠得足够近了，他一只手按在她脑袋旁边的柱子上。

艾默里挣扎着。西奥妮能够看见他的双腿乱踢。"萨拉杰！"他高喊，声音响彻房间，"你敢碰她一下，我就把你的脑袋变成壁炉上的装饰！"

"这真是英国人奇怪的特点。"萨拉杰低声对西奥妮说。她的额头能感觉到他吐出的带有豆蔻和某种肉腥味的气息，"他们总会用自己做不到的事情来威胁他人。"

他露齿而笑，将手指插进西奥妮耳边的头发中。她瑟缩着，尽量将头偏向一旁躲开他。不过萨拉杰只是用两根手指绕起她的一缕头发。伴随着他的一声低吼，他猛拽头发。

西奥妮尖叫。

他用手指吊着那缕橙色的头发，就像是吊着那串项链一样。萨拉杰假装没听见艾默里的咒骂。他说："我没开玩笑。我不是个喜欢逗乐的人。"

"我觉得你很可笑。"西奥妮回嘴。

他笑道:"是吗?那你很喜欢像这样。"

他从西奥妮身边离开,大步走向艾默里。肠子转动起来,挪动纸魔法师,让萨拉杰和西奥妮都能看到他的正面。

西奥妮几乎要认不出他来了。他脸色惨白,双目圆睁,翻着白眼。他的脖子上有一道血迹。萨拉杰似乎也伤了他,血是从那道伤口滴下来的。

萨拉杰低声念了一会儿咒语。除非预先准备,和其他魔法相比,血割者需要花更多时间在魔咒上。他手中的头发变硬变直,变得像玻璃一般锋利。

"要让小奶猫唱起歌来,得祭出多少鲜血呢?"萨拉杰一边问,一边用头发划过艾默里的下巴。它将皮肤割裂开来,留下一道红肿的伤痕。萨拉杰犹豫了一下,"但是小奶猫是不会唱歌的,不是吗?"

"住手!快住手!"西奥妮尖叫道。

艾默里死死盯住血割者的眼睛,但话却是对西奥妮说的:"什么都别跟他讲,西奥妮。"

"别伤害他!"她来回扭动着、哭喊着,但肠子并没有被挣松分毫。不知道萨拉杰对它们施了怎样的咒语,它们不曾松动过。

萨拉杰将"发刀"刺入艾默里的肩膀。鲜血从创口周围涌出来,浸染了他的衬衫。艾默里咬牙吞回一声痛哼。

西奥妮快速地来来回回扫视房间。她在找她的包、她的物件，一切可以帮到她的东西。她用手按着柱子，但借助石头施展不了任何魔法。肠子也没用，衣服也没用。她的鞋底仍旧有橡胶！她心里突然升起一丝希望。但她现在是一位火匠，她没有用来解除契约的东西。她无力地拍打着裙子口袋，研究着自己衬衫的纽扣……

"求你了！"西奥妮乞求道，泪眼蒙眬地眨着眼。她必须求他，她不能活在一个没有艾默里的世界。她做不到！

萨拉杰收回手，在艾默里的脸上拍了两下，就像他是一只狗。艾默里对他怒目而视。

"你知道吗，小奶猫？血割者甚至都不用挨到一个人，就可以一根一根地折断他的手指。"萨拉杰回过头看西奥妮，问她。他将手伸进口袋，拿出一把生锈的老虎钳，"我只需要一片指甲。我甚至不必跟他在同一间房中，就能折断他的骨头。"

老虎钳在他手中一张一合。他重新看向艾默里，"就个人口味而言，我比较中意你的拇指指甲。这叫什么……那词儿是什么？怪癖。"

西奥妮前前后后地挣扎着、扭动着，梳在后脑勺的头发散落了几缕下来。头发贴在她被泪水沾湿的肌肤上。艾默里是无辜的，他本来不该在这儿！他不该掺和这件事！

萨拉杰再次转向她，"我很愿意大发慈悲地……嗯……用一块玻璃结果他，而不是一根骨头、一根骨头将他捏碎。不过，你首先得告诉我你知道的那些事。"

她被捆绑的身躯颤抖起来。那些画面——躺在血水中的安妮丝和被五花大绑悬在空中的黛丽拉那苍白而无力的身躯，将她淹没在了记忆中。她几乎要被溺毙。

"我……"

"西奥妮。"艾默里警告她。

但是我在这儿，她想，又是一串泪珠如同瀑布一般冲刷下她的脸颊。这一次我就在现场。我不能看着你死。我在这儿。

萨拉杰耸耸肩，将手伸向艾默里的手。

"我告诉你！"她脱口而出，印度人的手暂时顿住了。泪水呛入她的喉咙，使她的嗓音沙哑，"我会告诉你的，但你得放过他！"

"西奥妮！"艾默里吼道。

萨拉杰狞笑着收回老虎钳，"公平的买卖。我听着呢。"

"先让他走。"西奥妮恳求道。

"你们这些英国人啊，真爱讨价还价。"萨拉杰嘲弄道。他环抱双臂，从艾默里身边走开几步，"小奶猫，你根本没有筹码。但我心情很不错。我已经搞到了一个魔法师的心脏，不再需要另一个了。我或许会让他走的。从另一方面说，你……"

"西奥妮，别再多说一个字！"艾默里高喊道，"这不值得！"

"但为了救你，这么做值得。"她哭着说。但这句话的话音是那么小，她觉得他没有听到。她吞咽着，说道："秘密的关键是你自己。"

艾默里在肠子的束缚中绝望地垂下了头。

萨拉杰扬起一根眉毛，"你得说清楚些。"

"这是格拉斯发现的。"西奥妮说道，感到每吐出一个字，身体就被掏空一点。再过一会儿，她就会变成空空如也的人皮口袋。"你将自己和魔法介质的原料解约，再和自己缔约，接着就可以和新的介质缔约了。就这么做。"

血割者露出笑容，"有趣。咒语是什么？"

西奥妮吞了口口水滋润发干的嗓子，"'由天所生之介质，汝主相召。吾与汝相连之日，即解约之时。'一开始是这样的。"

萨拉杰举起那串符咒项链，目光掠过一个个符咒。接着他用手捏起、转动它们，摆弄研究起来。他皱着眉头，"嗯，那跟我讲讲，我是和什么订约的呢？"

西奥妮愣了一下，看着她的项链。她瞥了一眼艾默里，又重新看向萨拉杰。因为她从没想过要涉猎血割术，所以从未考虑过这个问题。

成为一名血割者，需要一具血肉之躯。西奥妮曾看到过格拉斯用黛丽拉缔约。但人的原材料是什么？人是由人所生。都是一样的东西。难道血割者要用第一名受害者的父母来解约？

但这也讲不通啊。即使血割者追踪到了被他杀害、让他习成血割魔法的人的父母，他也没法同时和两个人连接来解约。

西奥妮眨眨眼睛，舔舔嘴唇，"你……不行。"

萨拉杰的脸色暗了下来，"什么？"

她摇摇头，"你不行。从理论上说，人是由人所生的，并没有一种所谓的原材料。他们就是……人而已。"一缕笑意在她的嘴角扩散开来，她又加上一句，比起对萨拉杰说，她更像是对自己说，"一旦人成为血割者，他就被困住了。他再也不能转换身份。"

"血割者不能再使用其他种类的魔法。"

艾默里抬起头，他的眸子中反射着悬挂在头顶的诡异光线。他竟然在笑。

西奥妮大笑道："你没法用，萨拉杰。你不行，其他血割者也不行。没有血割者可以拥有这样的能力。你被困住了，永远地。"

萨拉杰阴沉的脸扭曲着，看起来都不像是个人了。他的眉毛皱起，嘴唇向上噘起，两颊深陷，几乎看到了牙齿的轮廓。

"那好吧。"他用阴沉的声音说。他猛地将项链塞进一边的口袋里，又从另一边拿出钳子，走向艾默里。

西奥妮刚刚的张扬得意被瞬间抽走，变得空落冷清。"不，不要！"但她的哭喊声没有让萨拉杰的脚步有丝毫停滞。她没有筹码，不再有了。

她的目光再次扫过房间，扫过墙面、地板……

她的目光停留在了自己的衣领上。她看到了一个尖角，来自图书馆管理员给她的那张有西班牙人地址的纸条。萨拉杰没有拿走它。但她在转变自己的魔法介质之前，无法施展纸魔法。

她不行，但是艾默里可以。

她没办法折出一个纸咒给他，而且他的胳膊一定也跟她一样被紧紧缚住。他没碰过这张纸，所以也没办法用文档定位①魔咒将它召唤到他身边。她再次委顿在了绳子里。没用的。这是她唯一的希望，但她却没办法……萨拉杰伏低身子，去抓艾默里的手。

然而她还是再次开始寻找能用的东西——火焰、火花，任何东西。但萨拉杰肯定考虑到了这一点，房间中唯一的光照来自于那些可怕的发光的眼珠。没有灯笼，也没有蜡烛。没有可以点燃的东西，除了项链上的火柴……

她的项链在萨拉杰的口袋中。上面挂着一个纸咒——她用论文纸做的纸咒。当艾默里批改作业的时候，碰到过那个。

她的记忆将她送回了在房间书桌上制作符咒的那一天。那条纸是从她的家庭作业上撕下来的。上面有年份：1744。

"定位它，艾默里。"她叫道，"用年份1744定位！"

萨拉杰转过身，满脸疑惑。但艾默里却没有丝毫犹豫，立马执行了西奥妮的要求。他喊道："定位：1744！"

项链从萨拉杰的口袋中飞了出来，飞到艾默里的左手中。萨拉杰又转向艾默里，但艾默里已经将项链扔给西奥妮——在手腕被缚住的情况下，他已经竭尽所能了。

项链落到了地上，装着油的玻璃香水瓶和装着乳胶的瓶子被打

---

① 见第二部第二章。

翻了。项链从瓷砖地面上滑向绑西奥妮的柱子，在接近她的时候减缓了速度。萨拉杰并没有绑住她的腿，所以她伸出一只脚，用脚趾勾回了项链。

萨拉杰再度转向西奥妮。

西奥妮冷汗直冒、心跳如雷，将项链勾到了两脚之间。她用两脚夹起项链，弯曲膝盖，将项链举到右手能够到项链绳子的地方。好在肠子捆得够紧，能够将她固定住。

萨拉杰冲向她，从口袋中拽出一块血迹斑斑的手绢。

西奥妮的手指在项链上搜寻着，终于找到了绑在上面的火柴。她将拇指指甲按在火柴头上，狠狠地划过。

火柴被点燃了。

"燃烧！"她喊道。与此同时，萨拉杰也到了她身边，他的手绢发出血红的光。她掌中的火焰已经比最初的火星大了千倍，熊熊燃烧着，让萨拉杰止步不前。不管萨拉杰准备使用的是什么魔咒，现在都没用了。

"烧毁！"西奥妮下达指令。火焰烧断了捆绑着她的肠子。她踉跄着从柱子上走下来，展开身体时，感到肋骨一阵阵发疼。她命令道："分裂。"火球一分为二。她将其中的一个扔向萨拉杰，逼得他后退。同时，她朝艾默里跑去，用另一个火球烧断了绑他的肠子。

肠子松开后，艾默里大口喘气呼吸。他的手伸向肩膀，拔出了"发刀"。他低吼着，用手掌紧压着因为再次活动而流血的伤口。

"我需要……我的外套。"他喘着气，呆看着西奥妮掌中的火焰，"那里面有我的魔咒。"

"楼梯。"她猜测，"他是从楼梯那儿下来的……"

艾默里突然睁大眼睛，一把抓住她空着的那只手，将她拖到了柱子后面。一些红色的飞镖从他们刚刚站着的位置飞过。飞镖击中石头柱子被反弹了回去，最终落回地面重新变成了液态的血液。

"分裂！燃烧！烧毁！"西奥妮再次将她的焰火分成两团。她在手中留了一团，将另一团扔向萨拉杰。他跳到一边躲开了，火焰击中了病床，瞬间烧焦了床的金属框架。

"走！"西奥妮吼道，"去找那些符咒。我会拖住他！"

"西奥妮……"

"走！"

艾默里仍旧紧紧攒住肩膀，朝着连通楼梯间的门跑去。西奥妮对她的火球施加了一个转轮焰火咒，将它扔向萨拉杰藏身的柱子。火焰绽放开来，变成了四瓣的焰火之花，在地面上四处转动着，逼得萨拉杰撤得更远。洒在地面上的油被火点燃了，烧成一片。

西奥妮握紧项链，背出解约咒语，因为语速过快舌头差点儿就打结了。她成了一名玻璃匠，朝窗户奔去，扯下罩着窗户的棉布。这样一来，就算他们没有出去，或许有人会看见火光，前来帮忙。

西奥妮触碰到玻璃，下令："向左，破碎！"窗户裂成了上百块碎片，随着西奥妮一挥手，碎片飞向萨拉杰。当玻璃飞镖撞到墙面、柱子或是地面时，会裂成更小的碎片。在萨拉杰还没有找到掩护的时候，一块碎片刺入了他的胸口。

"臭婊子！"萨拉杰高喊。西奥妮朝下一面窗户跑去，但突然脚下一软。她摔倒在地面上，只能靠手撑着身子。

她试图站起来，但发现腿根本动不了。

她的腿毫无知觉。

"你忘了，猫咪。"萨拉杰喘着粗气说，"我曾碰过你的皮肤。你是属于我的！"

他按着受伤的地方，从一根柱子后面走出来。他右手的食指和无名指交叠在一起——或许是使她瘫痪的魔咒所需的手势。

西奥妮用手臂拖着自己往后退去。她瞥向那片仍旧燃烧着的火，不过快要熄灭了。如果她能够到那片火……

她握住项链，摸到了沙袋，但却发现自己的舌头和嘴唇也没有知觉了。咒语在她的口中中断了。

"别再这么做了。"萨拉杰说。他深吸一口气，开始吟唱起来。压住伤口的手掌开始散发出金色的光芒，顷刻之间，他的呼吸就变得平缓了。他拿开手掌，伤口痊愈了。

他刚朝西奥妮逼近了一步，就听到一声枪响回荡在整个房间。萨拉杰一个趔趄，大口喘气，手掌迅速按向他的胸口，盖住那儿的一个子弹孔。他刚一放开交叠的手指，西奥妮的麻木感就消失了。

萨拉杰向后倒去，与此同时，西奥妮赶忙爬起来。

西奥妮猛地转身,看到了艾默里站在门口。他的手里握着她的手枪。他穿着炭灰色的外套,肩上挂着西奥妮的包。

萨拉杰一动不动地倒在地上。

"艾默里。"她舒了口气,靠近了萨拉杰一点点,观察着他的胸膛,等待它因呼吸而起伏……但它毫无动静。血割者半睁着眼,瞪着天花板。

她奔向艾默里,冲进他的怀里环住他的腰。他扔掉手枪,回抱她。

她向后撤回身子,看向萨拉杰,"我都不知道你还是个神枪手。"

"我不是。"他一边说,一边向后退开取下包还给她。

西奥妮将项链重新戴上脖子,抓住艾默里的手,"我们得走了。警察正在找他。就算他们还没从窗户中看见火光,他们也会到这儿来,一旦……"

"等等。"艾默里猛地将她往回一拉。

西奥妮停下来。

"那些灯光。"他看着那些飘浮的眼球说,"当一个血割者死了,他的魔咒将会失效。"

西奥妮气息一滞。她转身面向萨拉杰俯卧的身躯。他的身体开始颤抖,然后爆发出一阵笑声。

"正确,完全正确。"他带有口音的声音响起。他从地上爬起来,喘着湿润而沉重的粗气。他动起来就像是孩童手里的布娃娃,弯腰驼背，四肢无力。

他转身面向他们，手指发着光。他将手伸入自己的胸膛，挖出一颗不再跳动的心脏。

胆汁又涌进了西奥妮的嘴。

"这就是拥有两颗心脏的好处，塞恩。"他咯咯笑着，将手上的器官扔在脚下。胸膛上的洞自己缝合了。"感谢魔法师坎特雷尔。"

艾默里从西奥妮身边跑开，外套在他的身后扬起，就像一袭斗篷。他扔出差点儿在学校里使用的爆炸符咒。符咒在他和萨拉杰中间剧烈地颤抖起来。

西奥妮重新跑到窗前，纸符咒爆炸的同时，她又打碎了一面窗子。她用余光找到萨拉杰，命令玻璃碎片扑向他。她要让他手忙脚乱四处逃窜，不然他就会对她和艾默里的身体施咒。一旦血割者回过神来，她和艾默里就死定了。

她接着向楼梯跑去，抓住项链，念出咒语，变身熔铁匠，去捡艾默里扔在地上的手枪……

房间突然扭曲变形了，她头晕目眩，站立不稳。这不是血割咒造成的，而是艾默里。他使用了波动咒①。他正用手抖动着像水母似的纸符咒。

她坚持往前走了两步，然后一屁股坐到了地上。地面像是波涛汹涌的大海一样起伏。她的手枪也波动着，像是漂在海面上的油污。

---

① 见第二部第二章。

她抓向手枪，然后紧握住。房间恢复了平静。一片血色的喷雾喷向西奥妮——那是向艾默里掷去的血割魔咒残留下来的血雾。

西奥妮甩甩头，想摆脱波动咒的副作用，然而收效甚微。她抓着手枪站起来，喊道："吸引！"

魔法从手枪的金属上扩散开来，召唤周围所有的合金制品。萨拉杰衬衫袖口的纽扣被扯断了线，落在瓷砖缝隙中的针浮到空中。就连烧焦了的病床也急速穿过房间，撞过萨拉杰的后膝，逼得艾默里不得不闪到柱子后面，免得被撞倒。西奥妮在最后一秒丢开了手枪，躲进角落，险险避开撞向她的病床。针和纽扣纷纷落到手枪上，和枪合为一体。

萨拉杰在旋涡状的血色烟雾中消失了，接着又出现在艾默里身后。

"你后面！"西奥妮叫道。

艾默里转身，伏地，以一寸之差躲过了萨拉杰张开的双臂。萨拉杰的手掌击中了柱子，留下一个血手印。艾默里猛地蹬向萨拉杰的胫骨。萨拉杰摔倒在地。

西奥妮拽着一张病床穿过房间。艾默里站起身来。萨拉杰抓着裤腿，低声吟咏。他的手掌开始散发红光。

西奥妮用不着提醒艾默里注意萨拉杰的咒语。这位纸魔法师已经抓住了萨拉杰的头发，一拳揍向他的脸。

"把他扔到柱上！"西奥妮叫道。

艾默里又揍了萨拉杰一拳，然后提起他的衣领，将他掷向某根石头柱子。他刚刚撞上柱子，西奥妮就向他扔出了病床，高喊："弯曲，环绕！"

烧焦的床架嘎吱作响，将萨拉杰和柱子包裹起来。萨拉杰被死死困住了。

萨拉杰笑起来。

艾默里抓住西奥妮，将她拉回身边。他伸手从外套中掏出一堆纸符咒。出乎西奥妮的意料，他下达的命令竟然是"碎"！

纸咒碎成上百片纸屑，被毁了。

"聚合，向前！"艾默里接着下令道。纸屑聚成云朵似的一团冲向萨拉杰，飘浮在他身边，或是如同水蛭一般吸附在他身上。

"割裂！"艾默里咆哮道。西奥妮从未听说过这个指令。

纸云分成两团，朝不同的方向飞舞，用锋利的边缘割裂萨拉杰的皮肤。

纸割的伤口，又细又深，成千上万。

纸落到地上，边缘被血染红。

萨拉杰在他的金属条监狱中委顿了下去，发光的眼睛也黯淡了。

第十六章

有一条人行道通往翻修到一半的医院，散发着银色光芒的玻璃匠特制电筒在其上排成一行，照射着伦敦和布莱克利警方脚下的泥土。两辆警车拦在道中，三匹马懒洋洋地在医院草坪上啃草，它们的主人正在医院中调查。艾默里的外套搭在西奥妮的肩上，然而她还是忍不住颤抖。艾默里则坐在道路旁边的一条长凳上，一位医生正在检查他后脑勺上的伤。医生给纸魔法师递了一条湿毛巾，让他压住肩上的伤口。是的，他受伤了，但他活着。他们都活着。而且萨拉杰再也不会回来——不管他是经验多么丰富的血割者，不管他偷了多少人的心脏藏进身体，他都没办法使自己复活。

西奥妮想起了安妮丝——不是那个俯卧在浴池中的她，而是咬着笔在思考一道对西奥妮来说过于艰深的数学题的她。西奥妮想起了黛丽拉——不是被格拉斯勒紧脖子，而是在圣奥尔本斯鲑鱼小酒馆中，坐在桌子对面朝西奥妮笑着。

终于，一切尘埃落定。

"塞恩，我真的很难相信你是恰好在这儿。"魔法师休斯朝长凳走来，开口说。西奥妮之前都没发现他也来了。"如果你坚持要搅和进这堆麻烦里，你可以加入我们。我之前跟你说过，我们薪酬丰厚。"

面对橡胶匠的指责，艾默里露出一个疲惫的笑容，"要写太多文件了。你应该很清楚，艾尔弗雷德。"

艾尔弗雷德嗤之以鼻，"在这么多人中，竟然是一名折匠害怕做纸上的工作。"

魔法师休斯捋了捋白胡子，看向西奥妮。"啊，特维尔小姐。"他说，"为什么看见你在这儿，我竟然一点儿不觉得惊讶？三连击，嗯？也许你想代替他，被我们招进来？你俩这要命的师徒关系什么时候才能结束？"

西奥妮也想微笑，但她紧绷的神经让那个笑容看起来像是个鬼脸，"幸运的话，两周以后。"

魔法师休斯高兴起来，"哦？好吧，这倒是好消息。我得祝你顺利通过。"

他回到艾默里身边，弯腰细致检查他的伤口，"等魔法师基尔墨的手放到你身上，你就能立刻恢复如初。"

"魔法师基尔墨？"西奥妮问。

"一位包扎匠。"魔法师休斯说，"虽然正常情况下我不会这么说，但你确实已经见过他了。"

西奥妮的眉毛拧成一团。包扎匠？"我怎么会……"

"如果你没见过他，你早死了。"魔法师休斯解释道，"他是少数几个包扎匠之一。格拉斯那事发生的时候，他正好在伦敦。你想起来了吗？"

西奥妮花了一会儿才消化掉这些信息。惊惧带来的凉意又攀上她的脊椎骨，"你是说……那名在医院中的血割者？"

"我亲爱的，那是包扎匠。"魔法师休斯纠正她，"两者之间区别很大的。"

西奥妮摇摇头，"有什么区别？他或许只是在治愈伤者，并没有伤害他人。但这句话能对他为了习得魔法而杀害的那个人说吗？"

"事实上，那个人是自愿的。"

西奥妮猛地转身，一个高大的男人站在她身后。他披散着的齐肩黑发，在玻璃灯光照射下闪耀着。他穿着一件黑色衬衫外搭黑色西装，没有系领带。他瘦长的脸上颧骨高耸，眼窝深陷，黄褐色眼珠泄露了他的亚洲血统。

魔法师休斯清了清喉咙，"特维尔小姐，这是魔法师基尔墨。我说过他在这儿，不是吗？"

西奥妮的胸腔和脖子上泛起红晕，燥热驱走了寒意。

　　魔法师基尔墨微微抽动嘴唇，落寞地朝她笑了一下。他走过她身边，说道："他因为骨癌痛苦不堪，家人又都先他一步离世，只留下他的儿子。而且他本来也只有几天可活。不知道这能不能让你没那么反感我的治疗？"

　　西奥妮能回答什么？道歉……或是感谢他曾治好了自己，现在要治疗艾默里？但现在不是说这些的恰当时机。虽然他的能力不仅合法，似乎还是天意所授，但他站到艾默里旁边，开始吟咏萨拉杰曾吟咏过的咒语时，西奥妮的心还是揪紧了。他的手掌散发出似曾相识的金色光芒。他触碰艾默里的肩膀、脑袋、下巴，擦除了所有的伤口。那些伤口就像从未存在过。

　　"我想要跟魔法师阿维斯基联系。"西奥妮说。

　　魔法师休斯朝她倾下身子，"嗯？"

　　"我已经录完口供。"她说，"我们能离开了吗？我有很重要的事。"

　　魔法师休斯耸耸肩，"随意，就看魔法师塞恩的意思。"

　　她点头，然后朝艾默里走去。魔法师基尔墨已经离开。她跪在他面前，手搁在他膝盖上，并不介意被其他人看见。"你跟我说了谎。"她悄声说。

　　他看着她的眼睛，"哪一次？"

　　"你说我已经准备好资格考试了。"她说，"割裂……我不知道这个魔咒。我到底还有多少不知道的魔咒？"

"就连普利特也不知道这个魔咒，西奥妮。"艾默里说。他将手搭在她的肩上，撩起一缕头发，检查她被萨拉杰扯伤的位置。西奥妮真希望那地方伤得不明显。"这是我原创的。"

听到这话，西奥妮的疲劳消失了，"你发现了一个折纸咒？怎么做到的？"

"它其实是'碎纸'咒的加强版。"他说，"但，是的，我发现了一个折纸咒，那还是在里拉依然是个威胁的时候。西奥妮，我是一名折匠。我需要找新的能使人丧失攻击力的魔咒，仅有'爆炸'咒是不够的。"

她缓缓地点头，消化这一消息，"还有其他我不知道的咒语吗？"

"没有了。"

她又点了一下头。一阵沉默后，她开口说："艾默里。"她清晰地念出他姓名的每一个音节，然后字斟句酌地继续道，"你的手上有多少……"

"人命？"他帮她说完了话。

她咬着嘴唇。

"你和我的比分现在是 1:1，亲爱的。"他回答。

"噢，艾默里……"

"我不会有事的。"他说道，用拇指摩挲着脸颊，"我可不会对萨拉杰·培伦提的死抱愧。毕竟，我杀了他两次。我猜这让我领先你了一分，嗯？"

他俩陷入了一阵沉默。

"我得通知魔法师阿维斯基。"西奥妮轻声说,"我们知道了这些血割者无法解除契约的事情……我觉得我该告诉她。"

"换成是我也会这么做的。"

"你是坐汽车来的吗?汽车还在这儿吗?"

艾默里站起来,将西奥妮也拉起来。他转动脖子,舒展双肩,试试身体是否恢复如初。他转头看向身后,朝魔法师基尔墨点头致谢。

"我们走。"他低声说,手掌推在西奥妮的背上,"真希望派翠丝会欢迎大清早的来客。"

西奥妮走在他身边,将医院和魔法师们都留在了身后。

第九声敲门声响起的时候,魔法师阿维斯基打开了前门。她已经梳妆完毕。头发一如既往地梳到头顶,盘成紧紧的发髻,只不过发髻还是湿的。当她于清晨七点十五分在自家门阶上见到艾默里·塞恩和西奥妮·特维尔时,她掩饰不住自己的惊讶。她调整了一下鼻梁上的眼镜,问道:"这次造访是为了什么?我很抱歉,但一个小时之后我跟内阁有约。"

西奥妮深吸一口气,说:"萨拉杰·培伦提死了。"

她僵住了,"什么,怎么回事?你确定?"

"这些艾尔弗雷德很快就会跟你讲的。"艾默里忍住呵欠说道。

阿维斯基脸色发白,她紧盯住西奥妮,"不要告诉我你卷……"

"萨拉杰并不是我出现在这儿的原因。"她打断道。接着她看向艾默里，做了几次深呼吸，补充说："有一些关于格拉斯的事情我没有告诉您。那天他在玻璃屋中做了些什么，黛丽拉到底是怎么死的。"

阿维斯基顿时呆若木鸡，胸膛不再起伏，嘴唇颤抖无力。

"我没告诉您他发现了什么。"西奥妮继续说，"但现在我得告诉您，如果您有时间的话。"

玻璃匠无声地点点头，从门前退开，让出一条通往她家的道来。西奥妮遵照阿维斯基的意愿，在门前脱下鞋子，但她注意到艾默里并没有这么做。玻璃匠未发一言，默默领着他俩走进前厅。西奥妮坐到沙发上，艾默里挨着她坐下。出乎她的意料，他在魔法师阿维斯基的面前握住了她的手。玻璃匠仍旧不置一词。

西奥妮感到腹内刺痛，开口说："黛丽拉之所以会死，是因为格拉斯用她订立契约，他成了血割者。魔法师阿维斯基，在我……阻止他之前，他正准备偷走您的心脏。"

阿维斯基的眉毛扬到了发际线边上，接着落回眼睛上方，"特维尔小姐，格拉斯·寇伯特是一名玻璃匠。一个人不能和多种魔法介质订立契约。"

"在同一时间是不行的。"西奥妮说，然后看了一眼艾默里才开口道，"那如果我告诉您，现在的我是一名熔铁匠呢？"

阿维斯基揉揉下巴，"特维尔小姐……"

"给我一个硬币。"西奥妮说，"我证明给你看。"

第十七章

在坐车去波普拉区的路上，西奥妮想到了阿维斯基。昨天和她的会面同预想中的一样顺利，但是阿维斯基并不知道该如何处理这一发现。西奥妮也不知道。

"我会好好想想的。"魔法师阿维斯基最后留下这样一句话。当西奥妮和艾默里走回他们的汽车时，她连"再见"都忘了说。

今天，汽车停在了特维尔新家屋外的转角处。西奥妮甩开关于魔法和契约的思绪，专注到眼前的任务上来。在返回魔法师贝利的住处继续学业之前，她还有一件私事需要处理。

事实证明，寻找吉娜比西奥妮想象的要难得多。吉娜既没有结婚，中学毕业后又不再继续读书，她仍旧住在家中，但天天在外游荡。没有人知道她去哪里。

"西奥妮，我不知道该拿她怎么办。"她母亲给西奥妮冲了一杯淡茶，抱怨说，"她很少通知我她要出门，而且除了上帝没人知道她在哪儿。你父亲为此愁得开始掉头发。我都准备好踢她出门了！"

当然，朗达·特维尔是不会逼迫任何一个女儿离开家的，但西奥妮理解了她母亲的感受。

在这样一个人口密集的区域，用纸鸟寻找吉娜不太现实。于是西奥妮造访了邻居，向吉娜新朋友的母亲海明斯夫人打听。海明斯夫人给出了几个地方让她去找，其中包括了磨坊区的卡拉威家，那里住着和吉娜交情一般的朋友梅格林达·卡拉威。

西奥妮到达以前住的街区时，已经到了晌午。还好梅格林达在家。她比西奥妮小两岁。

"她也许跟卡尔和山姆两人出去了。"梅格林达靠在低矮的平房门框上，用手指绕着自己的一缕棕色的头发说道。她换下了睡衣，穿了一条已经褪色的黄色背心裙，但看起来还没有梳洗。

"一个高个子的小子，黄棕色头发，下巴上有道口子？"西奥妮问道。

梅格林达点点头，"那是卡尔。山姆是他的弟弟。他是个彻头彻尾的混子，希望你不介意我这么说。"

西奥妮并不介意，但得知这一点对她而言也毫无帮助。

"他们常常在议会广场的剧院门口或是'枫叶边'晃荡。"

西奥妮皱起眉头，"那个酒吧？"

梅格林达笑了。"是的。"她从头到脚上下打量西奥妮，"即便是像你这样的，也能在那儿得到些关注。"

西奥妮猛吸了一口气，压下勃勃怒意，她向梅格林达道了谢，然后让汽车载她去议会广场。

她首先搜了之前的小路，她就是在那儿撞见吉娜的，但并没找到妹妹的踪迹。她在剧院周围寻找着，甚至还去问了售票窗台的售票员，询问他是否见过符合吉娜形貌特征的人，但他没见过。西奥妮经过议会大厦旁边的一排店铺，从它们的窗户向里窥探，最终还是一无所获，只得向酒吧走去。她发现，虽然多年之前就习惯了自己的发色，现在却真希望它别这么显眼。自己和艾默里的关系已经引起了流言蜚语，她可不想再为其添上西奥妮酗酒的桥段。如果随身携带了够大的纸张，她或许该用一个"隐藏"咒裹住自己，隐身走过那条街。

酒吧中灯光昏暗，引得人们的行为都放肆起来。西奥妮被烟味呛得难受。老天开眼，她踏进酒吧不久，就看到了吉娜。有人在吹口哨，她并没有去管那声口哨是不是冲她吹的。她磕磕绊绊地走到了一张高脚桌面前，吉娜站在旁边，手指夹着一根烟。卡尔坐在她身边，正将一个空玻璃杯翻倒过来。

"你好呀，妹妹。"

吉娜抬头看向她，一瞬间脸色惨白。但她迅速地藏起了窘态，让西奥妮不禁怀疑是不是自己眼花。妹妹的目光阴沉下去，眉头也皱了起来，"你他妈的在这儿干什么？"

西奥妮叹了口气，"拜托你像位真正的淑女那样说话。我需要跟你谈谈，最好是在这个……地方外面。我们快出去吧，免得我闻起来像是你手里的烟。"

卡尔站起来，"我认识你。你是她姐姐？"他的语气听起来不太友善。

西奥妮努力保持冷静，曾经黛丽拉很是欣赏她的这一品质。她从包里拿出一张纸和熔铁匠打造的剪刀，将材料都放在桌子上。她并没有看卡尔，而是专注在材料上，"我想刚刚那句'妹妹'已经能说明这个问题。我是她的姐姐，所以我不想让吉娜和你这样的一个男人待在这样的地方。抱歉，失陪了。"

卡尔哼了一声，"滚开。"

西奥妮正希望他说出这样的话来。她几乎没瞧他，便开始剪下几张方块纸，然后掏出一支笔，迅速地在纸张的四个角画上符号，然后将笔和剪刀放回包中。她悄声对其中的一张方块纸说："粘黏"。

"如果你想聊，给我写信就好。"吉娜一边说，一边吸了一口烟。但她看起来并不是很享受，愚蠢的女孩。"就用你那奇特的信鸟。或者你需要让你的男人帮你做一只？"

卡尔抓住西奥妮的前臂，"甜心，是时候离开了。"

西奥妮转身面向他，两人的胸膛仅隔着一寸。她将其中的一张方纸塞进他裤子前面的口袋。"我不是你的'甜心',卡尔。"她一边甩开他的手,一边手腕一翻扔出另一张方纸,"粘黏"咒使它紧紧地吸附着地面。"再碰我,我就把你扔出去。或许我现在就该这么做。粘!"

卡尔口袋中的方纸片朝着地面上的搭档纸片飞去,完全不顾挡在途中的人和物。在魔力的作用下,卡尔狠狠地摔在地上,朝着地面上的纸片滑去,足足滑了好几尺。

吉娜目瞪口呆,"西奥妮!"

"跟我走,不然我会用同样的方式带你走。"她厉声说道,一把扯下吉娜叼着的烟。伴随着一声"碎纸"令,卷烟纸自动粉碎了,在桌面上留下一堆烧过的烟草灰。

西奥妮抓着吉娜的胳膊肘,将她拖出了酒吧。室外连阳光闻起来都分外清新。好在当她们离开那个混乱之地的前门几步路之后,她的妹妹终于放弃了抵抗。

吉娜叫道:"你发什么疯?!"

西奥妮用手拂拭拍打着衬衫,似乎这个动作能赶走身上的烟味,"显然并没有你疯得厉害。同你做的这些乱七八糟的事儿比起来,我和一位拥有资格证的魔法师的韵事没什么大不了的。"

吉娜泄了口气,靠在"枫叶边"的外墙上,"别装得很了解我。"

"干吗要装?我就是不了解啊。"她反驳,"你到底怎么了?妈妈很担心你,我也是。跟我讲讲吧。"

吉娜皱起眉头。

"我可没见卡尔赶来救你。"

吉娜翻了个白眼,交叉起手臂,又展开,然后将黑色的头发拂到肩膀后面。头发又扫了回来,她没再管它。

西奥妮皱眉道:"我们曾经那么亲密,你记得的。"

她妹妹一直在摆弄头发,眼睛四处乱看,避免和西奥妮对视,"在你离开家,成为爸妈眼中的宠儿之前,或许是的。"西奥妮扬起一条眉毛。

"我受够了当老二,西奥妮!"吉娜大声说道,引得一些路人侧目。少了卡尔和山姆做挡箭牌,她明显因为路人的目光而感到困扰。她放低声音,继续道:"总是被比较、被忽视。如果一个女儿能够成为魔法师,另一个也该同样优秀。"

"如果你想,你是可以的。"她轻声建议说,"而且我还没有成为魔法师。"

"站着说话不腰疼。可没有有钱人替我们付学费。"

"你讨厌上学。"

"我不想讨厌。"

这句话惊了西奥妮一跳。她觉得自己由内到外都变柔和了,"噢,吉娜。"

吉娜将双臂紧紧地抱在胸前,"我憎恨贫穷。"

"所以这是你和这个卡尔混在一起的原因?为了钱?"

她狂笑不止，"他是个扫大街的。当然不是因为这个。"

但是他关注你。西奥妮心想，但她知道这话最好别说出口。她说道："来。"然后温柔地挽起吉娜的胳膊。吉娜盯着人行道，默不作声地跟着她走。

"你想做什么？"一阵沉默过后，西奥妮开口问道。

"我不知道。"

"好吧，这个问题不想明白，我们什么都做不了。你还在钻研艺术吗？"

她嗤了一声，"买不起材料。"

西奥妮顿了顿，看着她，"噢，吉娜，只要你跟我讲，这事我完全可以帮你啊。"

"我不想欠你债。"

西奥妮努力忍住翻白眼的冲动，继续往前走，"每个人都偶尔会有需要帮助的时候。如果我通过了魔法师资格考试，就有办法向你提供经济上的帮助。剩下的事情就看你自己的了。"

"我不想要别人的施舍。"

"那就卖点儿作品，把钱还给我。吉娜，你应该接受点儿家人的帮助。我不相信你想要把自己的余生都浪费在酒吧中，待在一个会对女人动粗的家伙身边。"

吉娜叹了口气，"卡尔是个白痴。"

"瞧见没？我俩已经开始达成一致了。"

吉娜在凝重的气氛中笑出了声，虽然笑声听起来还是带着苦涩。她们又沉默地走了一段不短的路。吉娜打破沉默，"我得找个有钱的老人嫁了。"

"那就不是施舍了？"

妹妹冷笑了一下，"通过忍受那样的一段婚姻而得来的，能叫施舍？只能算是补贴。"

西奥妮一听，停下脚步，"我认识个人，或许会欣赏你的。至少他会欣赏你的艺术才华。"

又是一个白眼，"怎么，你手上还藏着另一名折匠？"

西奥妮想起了艾默里的第一位学徒，朗斯顿。"事实上，还真是。但我不会将他介绍给一位身上满是风尘味、一点儿都不自重的人。"

吉娜挣脱她的手，眉毛又拧在一起，"我自不自重，自己知道。"

"那就表现出你对自己的尊重来，吉娜。"

妹妹张嘴想要反驳，但话未出口，她已经被西奥妮拉进了怀中。"我相信你。"西奥妮埋首在吉娜带着烟草味的头发中说，"你也要相信自己。我获得魔法师资格证书的时候，你会来吧？"

吉娜抽回身子，看着西奥妮的眼睛，"这么确定你能通过，嗯？"

西奥妮笑了，"只要一个人对自己有信心，就连最不可思议的事，她都可以做到。"

第十八章

与萨拉杰的血战过去十三天、向魔法师阿维斯基坦承一切十二天后，西奥妮来到了资质认证部大楼的侧翼——魔法事务专区。她正站在一条短短的走廊中，身边放着一个特地买来的粗呢大包，里面装着她按照魔法师贝利列出的清单亲手制作的五十八个纸符咒。除了要将纸符带到认证部来，她没收到其他指示。她很好奇，等会儿会是一组折匠来评估她的技术，还是由使用其他介质的魔法师来评判她的创造力。或许，她只要能够完成清单上的要求，就能通过这个考试。也有可能她还得为了每一个魔咒据理力争。但艾默里从不鼓励她学习争辩。

她紧紧握住包带，不去理会汗湿的双手。

走廊旁有一扇没有门牌的门，上面悬挂着一个金色小铃铛。它响起来，意味着她的考试要开始了。西奥妮深吸一口气，抬起粗呢包，走向那扇门，扭动门把手，然后……

球形门把手卡住了，她一愣。她再次左右转动它，都转不动。门是锁上的。

她抬头看了一眼铃铛。红晕已经泛上她的脖子。她吞咽一口，滋润干燥的喉咙，然后举起手轻轻地敲门。

什么动静都没有。门里没有传来人声，也没有其他的响动。然而西奥妮知道魔法师阿维斯基和魔法师贝利都在里面。她亲眼看到他们进屋的。她又敲了敲门，仍旧是一片沉寂。她再次转动门把手，还是锁上的。

接着，她反应过来。贝利的清单就装在她裙子的口袋中。她不用拿出来。就能轻易回想起清单的第一项：用来开门的东西。所以，这是考试的一部分？

西奥妮在包中一阵翻找，拿出她制作的骷髅手臂，将其举到门把手旁。当纸做的手指离把手只有一厘米时，她愣住了。

"用来打开锁住的门的东西吗，魔法师贝利？"她自言自语，刹那间脸上血色尽褪。虽然有着从不犯错的记忆力，西奥妮还是从口袋中掏出清单，重新读第一项任务：1. 用来开门的东西。上面根本就没提到上锁的事情。难道这名折匠是为了报复艾默里，故意漏掉了这么关键的信息吗？

她死死盯着门把手，呼吸急促起来。考试才刚刚开始，她绝不能就此放弃！

"呼吸。"她对手臂下令，然后让骷髅手转动门把手。但门锁上并没有魔法，她的纸咒也打不开门。她拿开纸手臂，纸手指晃动着，像是翻倒在地的甲壳虫的腿。

泪水涌上她的眼睛。当然她能给他们看那张清单……但他们隔着门连话都不跟她说。难道她真的要满面羞惭地拖着装满纸咒的包离开走廊？她没有折过其他纸咒……没有能打开这扇该死的门的符咒！

西奥妮紧咬牙关。不，她不能失败，尤其是在她经历了这么多波折之后。她会通过资格考试。她会成为一名折匠。当她用自己的力量破开这道门时，她会看见那副自命不凡的表情从贝利脸上消失。她静下来，研究起门来。除了这个球形门把手，门再没别的锁。有那么一瞬间，她很想变身成为熔铁匠，使用解锁咒。但她将项链留在魔法师阿维斯基的家中了。更何况，那是作弊。西奥妮·特维尔绝不作弊。

这是一把普通的锁，她一定能打开。小学时代，她的老朋友安妮丝·海特曾破开过门锁。那时，校长在自己的办公室窗户上发现了涂鸦，于是宣布取消饭后甜点。安妮丝带着西奥妮闯进餐厅，一人偷吃了两块蛋糕。

西奥妮退开，撤销骷髅手臂上的魔法，枯骨的生机随之而逝。

她从骷髅手腕处扯下一张长方形的纸片，发出"变硬"的指令，然后将纸片插入门缝，朝下刷动，直到碰上门闩。她来回抽动纸片，将其卡入了门闩和门的缝隙中。伴随着一声令人欣慰的轻响，门被推开了。

午后明亮的阳光从百叶窗中洒下来，照亮长方形的房间。这屋子比西奥妮想象中的要小一些。木地板没有打蜡抛光。除了嵌着门的那面墙上有一张干净的大黑板，沙黄色的墙壁上再无装饰。房中唯一的家具是黑板对面的长桌。魔法师贝利、魔法师阿维斯基和另外两个西奥妮不认识的男人坐在长桌后面。

阿维斯基站起来，用手势向西奥妮引荐那两人，"特维尔小姐，这是魔法师里德，塔吉斯·普拉夫魔法学校的校长。他是一名聚酯纤维匠。"

这位体重严重超标、留着浓密的白胡子的男人点点头。他就是阿维斯基的替任者。

"这位是魔法师普拉夫，塔吉斯·普拉夫的侄子。"她介绍第二位年轻一点的男人。他看起来和艾默里差不多大，鼻梁挺直，目光温和。"他同样也是位聚酯纤维匠，作为这场考试的见证者列席。"

这场面看起来不太适合直接走过去握手，于是西奥妮微微屈膝，行了一个礼，然后点点头，说道："我很荣幸。"

阿维斯基坐下，阅读放在她面前的一张单子，撇撇嘴。过了一会儿，她说："你用一种……很有创意的方式完成了第一项任务，特维尔小姐。但我不能百分百确定，你这样就算过关。"

西奥妮瞪着魔法师贝利，说道："我想这项要求里说的是用来开门的'某样东西'，并不一定是魔咒。不是吗？"她想，*你如果反驳我，我就给其他人看看你给我的清单到底有多语意模糊。*她接着暗自祈祷，其他的要求不要也像这样省略了关键词。

贝利的嘴角微微地抽搐了一下。或许他在窃笑？"是的。"折匠同意说，"特维尔小姐，如果你准备好完成第二项任务，我们就继续。"

西奥妮点头，将她的大包拖进房间。房门在她的身后关上。她走到房间中央，背后就是那面黑板。纸鹤堆在一摞纸符咒的顶端，她将它拿了出来。2. 能呼吸的东西。这是她学会的第一个纸魔咒。

这一关她轻易通过。第三样是**讲述故事的东西**。她为此所折的魔咒也可以追溯到她刚成为学徒的那阵子。两周之前，她去拜访魔法师阿维斯基，接着就跟随艾默里回到农舍，拿上童书《勇敢的皮普逃亡记》。她终于读完了整个故事。四位魔法师看着幽灵一样的小灰鼠在他们面前跳舞。魔法师里德看起来被逗得开心极了。这让西奥妮的信心有所增长，接着展示第四样魔咒——**沾粘的东西**。

西奥妮在地板上放上四张方形纸作为基准。她为霍洛威先生的庆祝宴布置客厅时，就曾使用过像这样的基准纸。她本来想用这些方纸将一个写着"傻瓜"的标牌粘到魔法师贝利的衬衣上，但魔法师资格考试这样严肃的场合需要保持基本的礼貌。所以，她最后用这些基准纸将自己的人形副本———一个纸偶——粘在了黑板上。这样一来，第五项任务：复制品也完成了。

除了贝利偶尔会发出"请继续""接着做"的指令，魔法师们都一言不发。十几个魔咒过后，贝利只是点点头或者打手势示意她继续。看起来魔法师贝利也认为考试场合需要保持礼貌。

西奥妮继续展示。

面对第十四项任务掩藏真相的东西，她展示了预见之盒。针对第十五项隐藏你自己的东西，她使用了"隐藏"咒。魔法师里德对此评价道："真精彩。"第二十四样是用来渡河的东西。让西奥妮松了口气的是，她不必真的越过一条河。贝利从椅子上站起来，走到她的纸船边，仔细检查一番。他从嘴唇间挤出一个简单的"嗯"，表示纸船通过了检验。她继续进行考试。

尽管魔咒都是事先做好的，西奥妮还是感到时间紧张。房间中没有时钟，但她每完成一个魔咒，都会抬头向窗外打量，看百叶窗外的天色起了什么变化。当做到第三十七项任务：用来对付流浪汉的东西时，她晃动着衬衫的前襟，想使自己凉快些。她不敢破坏考试过程中的安静气氛，请求魔法师们打开窗户。

西奥妮将"扩张"锁链缠在身上，从粗呢包中拿出"波动"咒。"扩张"咒使她变高了十英尺，"波动"咒则扭曲了房间中的景象。魔法师普拉夫忍不住朝西奥妮大声喊停，她立即终止了魔咒。

贝利点头让她继续下一个魔咒。

她的第四十四个魔咒"飘浮的星光咒"打动了油盐不进的阿维斯基。当贝利拉上百叶窗，星光咒开始发光，她睁大的眼睛中浮现出孩子般的喜悦。做到第四十五项任务：**同时出现在两个地方的方法**时，西奥妮理所当然地拿出了纸偶。

魔法师贝利眉头一皱，交叠起双臂，"特维尔小姐，同一个魔咒不能用来应付两项任务。"

西奥妮心跳漏了一拍。她舌头发干，在嘴里舔了舔，才沙哑地开口问："什……什么？"

折匠倾身向前，"你不能重复使用魔咒。你刚刚已经展示过纸偶了。如果你没有可以替换它的方法，我将终止考试。"

西奥妮深吸一口气，努力保持声音平稳，"魔法师贝利，我并不记得有这条规定。"

折匠面不改色地说："特维尔小姐，确实是有的。"

"有吗？"魔法师普拉夫问道。这两个简单的字在西奥妮心中燃起希望。她马上就要完成了。她不能在这个时候失败。

西奥妮看向魔法师阿维斯基，两人的目光相遇。**如果我是玻璃匠，就能同一时间出现在两个地方。**她想。一个了然的笑容出现在阿维斯基嘴角，西奥妮好奇阿维斯基是不是读懂了她的想法。

笑容一闪而过。阿维斯基拿出并打开了一个放在她椅子下面的公文包。她在包中的文档中翻找着，找出一本小册子，接着一言不发地查阅起来。房间中安静的氛围包裹着、压迫着西奥妮。她回想起在艾默里那狭窄湿热的心脏瓣膜中的旅程。这种感觉极为相似。

魔法师阿维斯基的声音打破了沉默。她照着册子读道："学徒不能使用相同的准备好的魔咒应对连续的考试任务。如有此种行为，考试立即终止。"

"我很遗憾，特维尔小姐。"魔法师贝利说。

西奥妮的心摔碎在了地上。

"别这样，魔法师贝利。"阿维斯基说，"手册上写的是'连续的'。这两项任务间隔了几十个其他任务。所以，纸偶应该是可用的。"

西奥妮睁大眼睛，飞快地用手按在心上。她将那声差点儿脱口而出的"谢谢你！"咽了回去。

贝利的眉头皱得更深了，"你难道没发现，只要调整一下清单顺序，这个纸偶就不能用了吗？"

"魔法师贝利，考试清单上的顺序是不能随意'调整'的。"阿维斯基将手册塞回公文包中，"这是由最高魔法议会制定的固定顺序。如果你真的觉得特维尔小姐不该通过考试，你得提出撤销这一固定顺序的申请。"

西奥妮感觉到一颗汗沿着脊梁骨滚落。

深皱的眉头似乎是嵌在了贝利的脸上。但他还是点了点头，示意西奥妮继续。

西奥妮重新振作精神，继续完成剩下的魔咒。她就像是进入了马拉松的最后冲刺阶段，趁着贝利还没剪断前方终点线的缎带，竭尽全力向其奔去。她展示了一条施了赋生术的锁链、"碎纸"咒、曾经制作过的夜空幻象，还有一个可以防止食物变质的纸盒。第五十三项任务是*逃跑的方法*，她撒出两把深蓝色的隐身纸屑。当她从评审席的桌子后再度现身时，她觉得自己的身影有些扭曲。

时间似乎过去了数小时之久。终于，西奥妮从包中掏出最后一个纸咒，只比她拳头大上一点。

她觉得第五十八项任务是最具挑战性的，它既要体现出学徒经年累月的训练成果，又要展示出她作为未来魔法师的素质。*活着的方式*。抽象但引人思考。作为一名折匠，她可以轻易地写出一篇动人心弦的文章，讲述折艺是如何改变她的生活，未来又会将她塑造成怎样的魔法师。她也可以制作一大群赋生咒，让被魔法赋予的生命充满整个房间。她还可以制作比霍洛威夫人家的更宏伟的墙纸幻象，呈现出生机勃勃的野外景象，让人如临其境。

但她都没有。

当她刚读到最后这条要求时，一个想法就冒了出来。她试图想出更机巧、更震撼的魔咒，但思绪不断地回到这个简单的魔咒上。她想，实在不行，她还可以用伶俐的口舌和令人潸然泪下的深情替这个魔咒辩护。不过，魔法师阿维斯基就坐在评审席上，她相信自己连一个音节都不用说。

她握住粗呢大包角落里的那颗纸心脏，然后站直身子，用双手将心脏捧到面前，轻声说："呼吸"。

心脏在她的掌中缓缓跳动着，怦怦怦地拍打着她的肌肤。

活着的方式。这是她制作过的最棒的魔咒。

她什么话都没说。魔法师阿维斯基也没做解释。这让西奥妮不禁怀疑，她到底有没有听说艾默里差点儿死掉。

魔法师贝利盯着西奥妮掌中跳动的心脏。

他露出了笑容。

第十九章

"魔法师欧内斯特·约翰逊,橡胶匠,第四区。"

西奥妮戴着白色手套,手上全是汗。新任命的橡胶匠就坐在她左边,和她只隔着一个位置。她看着身穿黑色魔法师制服的新魔法师从座位上站起来,走向典礼台另一侧领证书的台子,双手紧张地绞在一起。塔吉斯·普拉夫亲自和他握手,颁发给他一张镶了框的魔法师资格证书。前来观礼的人坐满了皇家阿尔伯特音乐厅①。观众席中爆发出一阵掌声。西奥妮听来,掌声仿佛汹涌的海浪声。她甚至能感觉到典礼台因为掌声而震动。

"魔法师约翰·弗雷德里克·科布尔,熔铁匠,第三区。"

① 位于英国伦敦西敏市区骑士桥的艺术地标。

这句话唤起了西奥妮旁边的那个人。他穿着浅灰色铁熔魔法师制服。他一走，这排的四张椅子上就只剩西奥妮一人。

她能感到有人正看着她。但典礼台上由火匠制造的那一排火光太过明亮，让她看不真切观众席上的情况。但是她知道来观礼的人坐在哪儿。典礼开始之前，她在红色天鹅绒帷幕之后看到了他们。她的母亲、父亲、弟弟妹妹坐在观众席中央区的第二排。艾默里和阿维斯基则坐在最左侧的那片区域的第一排。她多么想知道，坐在那儿的他们会怎么想她。

"魔法师西奥妮·玛雅·特维尔，折匠，第十四区。"

魔法师。这个词在她的心里膨胀开来，有一股甜蜜的暖流流经她的四肢百骸。她从椅子上站起，发现腿已经坐得有些麻木了。她白色裙子的裙裾在脚踝旁翩跹飞舞，上衣的银质纽扣在魔法火光的映照下闪闪发亮。她穿过典礼台，来到正面绘制着魔法师标志的领证台。

塔吉斯·普拉夫伸出手。西奥妮甚至忘记要举起手来，但很快他就伸手与她握了握。另一只手中是一张卷起来的白色证书，证书四周画着金色的叶子，还有用黑色墨水签下的名字。

证书上印刷着她的名字。

魔法师。她终于做到了。

掌声似乎是从四面八方涌来的，从天花板上倾泻而下，从地面喷薄而出，比之前的响亮许多。西奥妮紧紧握住证书镶着的黑色边框。**魔法师西奥妮·玛雅·特维尔，折匠，第十四区。**

她回过神来，和塔吉斯·普拉夫握手，一边眨眼一边流泪。

塔吉斯·普拉夫发表一番场面话，结束了典礼。火匠制作的火光暗淡下来，人群开始离席。西奥妮迅速奔下典礼台，一头栽进父亲宽广的怀抱，整个过程中她的脚几乎没有实实在在地踏到过地毯上。他抱着她转了一圈，在她的耳边纵情大笑。

"我的好女儿！"他得意地笑道，"一位真正的魔法师，一名折匠！"他放下她，用手重重地拍着她的肩膀，"看看她，朗达，完全是位大姑娘了，还从事着魔法工作。"

西奥妮的母亲用手帕擦拭着眼泪，将西奥妮从她父亲的手下拽过来，亲吻她的面颊。"我为你感到非常，非常骄傲。"她哽咽着说，"你做的事情真了不起。"

"应该说她已经完成了了不起的事情。"她的父亲从旁纠正道。

西奥妮笑得合不拢嘴，直笑到两颊酸痛。她在这些赞美中挺起了胸膛。

"西奥妮！"西奥妮最小的妹妹玛歌拽着西奥妮上好的白色羊绒裙，高喊，"你以后可以给我们建纸房子了！"

西奥妮笑起来，"人们为什么要住在纸房子里呢？"

玛歌锁起眉头，被这个问题难住了。

"干得漂亮，姐。"吉娜站在玛歌后面说。她胸前抱着一本素描本，将艾默里从头到脚地打量了一番，目光里满是戒备。西奥妮不知该如何应对这样的状况，但至少吉娜来了，她还是觉得欣慰。"但这并不代表，我乐意你拿着这张证书养活我。"

"噢，吉娜。"西奥妮的母亲叹了口气。

"怎么了？"吉娜问，"我在祝贺她。只不过加了点讽刺罢了，老妈。"

"现在我们能吃蛋糕了吗？"西奥妮的弟弟马歇尔问，他的目光追随着排队离开大厅的人流，"你说过我们可以吃蛋糕的，不是吗？我饿了。"

西奥妮没听到她父亲的回答。一只温暖的手掌放上她的肩头，她的注意力从家人的身上转向艾默里。他没穿魔法师制服，也放弃了对日常长款外套的执念，而是穿着一件灰白色排扣衬衣，搭配笔挺的长裤。

他双手捧着她的脸，说道："你真是令人心折。"然后他亲吻了她的额头。在他晶莹剔透的目光……和父母的注视之下，西奥妮面红耳赤。她朝父母看去，她的母亲一点儿都没露出惊讶的神情，父亲正忙着和马歇尔讨论甜点的事情。而吉娜已经往出口走了。

别在意别人的想法。她这么对自己说，绽放出一个大大的笑容。不管他们有何想法。我做的是对的，我做到了自己想做的事。

艾默里握住她的一只手，和她十指相扣，将她拉到身前，在她耳边低语："别觉得难为情。你不再是我的学徒了。"

西奥妮轻笑着，揉搓着双颊，想要将两抹绯红搓掉。"竟然有些失落呢。"她低声回复道。

她的父亲又看向她，说："好吧，我们最后决定去鲁非欧糕点屋。你有别的提议吗？"

西奥妮摇摇头，"听起来不错。"她转身面向艾默里，满怀期待地说，"你来吗？那儿应该不会太挤。"

"好的。"他的嘴角浮起笑容，接着举起西奥妮的指关节，吻了上去。

西奥妮笑容满面。她的余光瞥见魔法师阿维斯基正同一个她不认识的人说着话。他们的谈话结束，那人离开，留下玻璃匠独自一人。

"请等我一会儿。"西奥妮对艾默里和她的父母说，"我们走廊见。"

西奥妮放开艾默里的手，朝阿维斯基走去。当她的家人朝西奥妮身后的出口走去时，她听见艾默里说："特维尔先生，我想请您帮个忙……"

"魔法师阿维斯基！"趁着玻璃魔法师还没离开，西奥妮叫住她。阿维斯基看向西奥妮，她神色柔和，但有些疑惑。

西奥妮环顾左右，确定她们说话没人听到，她开口问："您考虑过我跟您说的事了吗？我们该怎么做？"

玻璃匠叹了口气，摘下架在挺直鼻梁上的眼镜，揉了揉鼻梁上的淡红印记，"西奥妮，除了这事我就没想别的。有时候我觉得我该赌咒发誓这辈子再也不提起这个秘密，有时候我又觉得应该在塔吉斯·普拉夫魔法学校开设一门跨材料魔法课程。"

西奥妮缓缓点头，"那现在您的想法是？"

又是一声叹气，"我还没决定，或许会跟魔法师休斯谈谈。像这样的事情，我们没办法在仓促之间做出决定。它或许会改变我们所知的魔法基础原理，影响到整个魔法管理体系。"她戴回眼镜，"而且一旦秘密泄露，被没有执照的魔法师所知，我们就真的有麻烦了。虽然魔法不难习得，但也不代表人人都可以掌握。想象一下，如果城里的张三李四都懂得如何破锁，或是在弹指之间就能召唤出火球，犯罪率会是个什么情况。人们将不再有底线。"

"那么，我想我在申请刑侦局的职位时，最好别提这件事。"

魔法师阿维斯基勉强地笑了一下，"不要，至少现在不行。但我建议你在申请这一职位之前，多积累些经验。而且我还得提醒你考虑这么做的后果。"

"什么后果？"

"特维尔小姐，你是女人。"阿维斯基指出，接着她看向最远的那道出口。西奥妮的家人正从那儿向走廊走去，但她知道魔法师是在看艾默里。"当今社会，女人拥有了越来越多的权利，更何况我们是魔法师。有不少前途光明的职业供你选择，刑侦局的工作并不适合母亲。"

这话让西奥妮愣住了，"我……没懂您的意思。"

玻璃匠嗤之以鼻，"西奥妮，虽然我很佩服你的端谨，但我没那么天真。如果你到圣诞节，仍旧是'特维尔小姐'，我肯定会非常吃惊。我只是指出一些你需要考虑的事情。你只有先决定人生的方向，才能让生活顺利向前。"

听到这番话，西奥妮的两颊有些刺痛。但她发现了一件事，"您从来没直呼过我的名字。"

阿维斯基笑了，"我们现在级别相同，直呼名字合乎礼仪。契约的事……我们保持联络，一旦我决定了，我会通知你的。"

"谢谢。"

阿维斯基沿着过道离开了。

"西奥妮？"她身后传来一个熟悉的声音。

她转过身，看到本尼特正从旁边的过道走来。

"本尼特！你来了。"

"是的。"他揉揉后颈，回答道。他的另一只手塞在口袋里，"恭喜。我就知道你一定能通过。"

"谢谢。如果可以的话，替我向魔法师贝利问好。"

"哦，他就在这儿……"本尼特搜寻观众席。西奥妮顺着他的视线找到魔法师贝利，他交叉着双臂站在礼堂最后面。今天他至少看起来没那么尖酸。

"但你也许该走了。"本尼特接着说，"我会告诉他的。"

她微笑，"谢谢。"

"所以……"他放下揉脖子的手，"你和魔法师塞恩是……"

红霞再次飞上她的脸颊，不过这次并不明显，"我……是的。所以才会让魔法师贝利监考我，确保考试的公正。"

"我就说嘛。"

"本尼特……"

"我确实挺惊讶的。"他坦率地说，"我必须承认当你住进来时，我有些嫉妒你。你和魔法师塞恩看起来很亲密，我嫉妒你们之间融洽的关系。但我没想到……"他耸耸肩，"我只是没想到你是那种女人。"

西奥妮的肌肉一下子僵硬了，"你说的是哪种女人，本尼特·库伯？"

本尼特摇摇头，"我刚才不该说那些。"

"是的，你不该说。"西奥妮回嘴道。她将镶边的证书抱在胸前，说道，"你最好在被魔法师贝利带坏之前，趁早参加考试。"

本尼特向后退了一步，好像被这些话实实在在地击中了似的。但是西奥妮并没有留下来同他争辩。她对本尼特有些好感，不想未经大脑的言语破坏两人的关系。她失去的朋友已经够多了。

西奥妮快步穿越过道，追上家人。但当她到达礼堂出口时，只看到艾默里在等她。

他向她伸出手，"能走了吗？"

她拉起他的手，跟着他来到礼堂外面，"我们难道不是去鲁非欧？"

"嗯嗯，"纸魔法师回复说，"只是坐另一辆汽车罢了。"

西奥妮笑起来，今天是多么美好的一天啊！她抬起空着的那只手，摸着艾默里脑袋一侧的头发，"我还是不习惯你头发这么短。你为什么剪头发？"

"为了让自己看起来更绅士些。"

西奥妮嗤笑了一声，但艾默里眼中狡黠的光芒让她觉得，这个理由或许并不只是玩笑话。

艾默里没叫车，他预订的车就停在音乐厅外的大街上。司机没熄火，等着他们，看到他们走来便打开车门，瞧见西奥妮穿的制服时，他朝他们露出一个笑容。*当我穿着这件衣服时，所有英国人都知道我是一位折匠。*她一边想，一边向后靠在车座上。*我再也不用穿围裙了。我现在是法律认可的魔法师。明年这个时候，我甚至会有自己的学徒！*

想到这事，她纠结起来。新学年结束后，会有更多的学生被分配到折匠手下做学徒吗？她准备好教授学徒了吗？

"开始的时候，我可能会在学校里面当志愿者。"西奥妮说，"我的意思是塔吉斯·普拉夫魔法学校。也许我能做客座讲师，或者是教学助理。那儿并没有雇用太多折匠，但也许等大家对折艺有了更多了解，想学习折艺的学生会变多。"

"这点子不错。"艾默里笑着说，"我会接你上下班的，但是我想你用玻璃术能更快地到达目的地。"

她点点头，"我得去订购一面玻璃匠特制的镜子，尽可能降低风险。"

"你这会儿倒想起降低风险了。"艾默里低声嘟囔，然后笑道，"西奥妮，你真是个谜。如果我没有被迫成为你的老师，过去两年里我的生活将会多么枯燥无聊……"

"你，被迫的？"西奥妮嘲讽道，"魔法师塞恩，真不好意思。其实我想当的是熔铁匠。"

"你什么都想当。"他反驳道。

"好吧，如果这种选项真的存在……"她咧嘴一笑，侧身而坐，看着午后的阳光从车窗洒落，像是精灵一般在艾默里周身跳动。

"嗯？"他问道。

她从鼻子中缓缓地呼出一口气，"只是在思考。"

"思考你有多喜欢我？"

"在想你怎么会瘦成这样。"她嘲笑他，"我就离开了三个星期，然后你就连饭都不会好好吃了。"

"我马上就改。"

西奥妮刚想说话，就从艾默里旁边的窗户中瞥见了邮局。她转身看向自己这边的窗外。

"我们错过了那个路口。"她说，"鲁非欧糕点屋位于钢铁大道。"

"哦，我们现在不去鲁非欧。"他解释道，"我们要先去一个地方，不会花太长时间。你的家人都知道。"

"我想这就是你让我父亲帮的那个'忙'？"

"嗯。"

西奥妮放松地窝在座位上，脱下白手套，看着从窗前闪过的大楼和行人。他们要去的地方显然距离之前跟家人约好见面的糕点屋并不近。汽车开过了整条街，将钢铁大道甩得越来越远。车子渐渐驶离商业区，车窗外楼房的体积越来越小，最终变成了家宅。然后，住宅也越来越稀疏。最终，汽车开下了一条砖铺的街道，进入两座长满青草的山丘之间的狭窄泥土路。

她又转身面对艾默里，"我们要去哪儿？"

艾默里没有看她，而是直视着前方的挡风玻璃，看着逶迤展开的风景，"你认得这地方。"

西奥妮咬着嘴唇，拧身看向自己这边的窗户。她手指抵着车门，倾身贴近窗户。风吹乱了她的头发，不过固定头发的别针依然很稳固。

汽车继续前行，山丘的数量变多了，其上的青草也生长得愈发肆意、蓬乱。有的山丘上面甚至长出了树。崎岖的道路尽头，有一座特别大的山丘，上面布满了紫红色的、金色的、紫色的野花。在暮春阳光的照耀下，野草的顶端渐渐被染成金色。

汽车减速，西奥妮目不转睛地看着布满鲜花的山丘。她确实认得，虽然在现实生活中，她从未来过。天啊……这是艾默里珍藏在心底的那个地方，是他寄寓着希望的所在。两年前，她在预见之盒展示的景象中见过。

她的心跳加速。心脏一下下地撞击在胸腔和喉咙底。落水般的凉爽感淹没了她。她甚至都没看见艾默里走下车，来到她的车门前，打开了门。

他牵起她的手。西奥妮将证书放在座位上，跨出汽车，默默无语地跟着艾默里爬上山丘，每踏出一步，心跳就快了一拍，这当然不是因为爬山累的。

他们来到山丘顶上，这里长满了红褐色树叶的李子树，再有几天它的果实就要成熟了。

艾默里停下来，端详一会儿李子树和周遭的风景。然后他转向西奥妮——那个能从他鲜活明亮的眸子中读出一切的人。

她知道了，心脏狂跳不止。

她紧紧地握住艾默里的手。他弯下腰亲吻她。溢着野花馨香的微风拂过他们身边。

他直起身子，但两人依旧额头相抵，四目相对。

"我爱你。"她轻声低语。

他的眼睛里满是笑意，"特维尔小姐，我想现在该是我说话的时候。"

她一言不发地凝视着他。

他放开她的手，用指尖触摸着她脖子的肌肤。两人的鼻尖靠在一起，呼吸相闻。"西奥妮，你是让我相信了上帝存在的女人。"他低声说，"我不知道用什么方法才能找到你。可是上天啊，你竟然自己送上了门。"她笑了，心跳趋于平稳。

"有多少男人可以真诚地说有一个女人走进了他的心房？"他问，"但是我可以。如果你要我，我想让你永远待在我的心间。"

泪水涌入西奥妮的眼眶。她任它流下。

艾默里伸手进口袋掏出一个用白色和紫色纸折出的圆环。圆环由数十个十字形的小链条缀成，直径和他的拳头差不多。这不是纸咒，只是精美的手工品。其中挂着一枚金戒指，在阳光下闪耀着玫瑰金色。一块雕琢成雨滴状的钻石镶嵌在戒指中央，钻石两翼配着两块小小的绿宝石。

纸魔法师将戒指从纸环上取下，翻转一圈，放在手掌上。他跪下来，说道："西奥妮·玛雅·特维尔，嫁给我好吗？"

鸣　谢

亲爱的主、圣诞老人、天父、创世神：

　　这真是太棒了。我完全没想到，自己竟写完了第三本书，而且还有人在读（虽然他们往往会跳过鸣谢）。这条路尚未走到尽头。对于那些你们给予我的鼓励，我再怎么感谢都是不够的。

　　我应该让你们知道，我最初的读者帮了我很多忙，才让这个故事得以成形，他们是安德鲁、海莉、劳拉和朱丽安娜。与此同时，我仍旧要感谢马琳、杰森、安吉拉以及北纬 47 度所有的员工。你们如果有机会，请一定要偷偷给他们塞点儿特别的礼物。

　　谢谢我亲爱的小女儿，她的降生使我更快地写完了这本书。

　　谢谢我亲爱的丈夫，他读完了我所有蹩脚的习作。并在当我需要头脑风暴时,努力保持着思路清醒。

　　真的,你们都太棒了。当然我也一直相信,你们本来就很棒。那……谢谢。非常感谢。

　　祝好!

查丽·恩·霍姆博格